米纸日记

The Rice Paper Diaries

[英]弗朗西斯卡·赖泽赫 著
艾黎 译

上海译文出版社

译者前言

曾被王佐良先生称为“英国的偏僻地区”的威尔士，早在十九世纪，就有人朝中国走来。最知名的有影响了中国近代史进程的李提摩太，还有在武汉创办医院、学校的传教士杨格非。就如赖泽赫在书中所提及的，海岸线绵长的威尔士一直有出海的传统。《米纸日记》第一次在文学作品中把威尔士和当时的英属殖民地香港连接了起来。从威尔士到香港，再从香港到威尔士，战争的创伤和记忆既是尖刀又是纽带，将普通人的生活割裂又重新拼接。

他人的创伤，我们的历史

二战结束过去了七十年，保家卫国、浴血奋战、英勇壮烈——当我们一遍遍用纪念碑、博物馆、史实记录、艺术创作等形式铭记这些有关战争的关键词，总会发现还有些故事没有讲完，有些故事已被人淡忘。自从张纯如的《南京暴行：被遗忘的大屠杀》(1997)让人们注意到拉贝等西方人拯救中国平民的事迹，之后又有中德合作的电影《拉贝日记》(2009)、陆川的《南京！南京！》(2009)、哈金的长篇小说《南京安魂曲》(2011)，被救的南京人跪地向拉贝、魏特琳高呼菩萨。在张艺谋根据严歌苓小说《金陵十三钗》改编的同名电影（2012）中，四处硝烟的南京城里，好莱坞明星克里斯蒂安·贝尔饰演的假牧师伟岸悲悯得如同上帝。西方人在中国的战争记忆中，特别是在近年有关南京大屠杀的电影、小说中，一而再地被赋予了目击证人和拯救者的高度。

而另一方面，当我们面对自己民族曾经的深重灾难时，忽略了同一片土地上这些西方人的遭遇。即便有斯皮尔伯格大制作的《太阳帝国》，被《卫报》称为二十世纪英国最佳战争小说的巴拉德原著却并不为中国读者所称道，小说中描绘的被日军关押了1800名欧美侨民的上海龙华集中营也鲜为当代的人们知晓。

在罗湖的另一侧，1941年的香港，英帝国结束了不可战胜的神话，自维多利亚女王以来，第一次无奈地把殖民地交给了敌人。忽然间，主子成了囚犯。自1942年1月初到1945年8月日本投降，被关在香港南端赤柱的英国及其他同盟国的平民共有2500名左右，其中还有年幼的孩童。英国帝国战争博物馆里收藏着这样一帧照片：1945

年香港解放后的赤柱拘留营，一个叫温迪·罗西尼的年轻姑娘。她骨瘦如柴，抿着嘴举着一个搪瓷杯和一个搪瓷碗，半杯的炖菜，盖过碗底的一点饭，而那是日军配给五个囚犯的饭量。

那一段历史，在华人的文学作品中涉及得也很少。张爱玲的《倾城之恋》(1944) 中带过一句萨黑夷妮公主的英国老男人被关到拘留营的事。施叔青《香港三部曲》的第三部《寂寞云园》中，也稍稍提过黄得云等候被日本宪兵押走的英国男人西恩。或许相对遭受苦难的数万万同胞，被关押的欧美人士数量少，再加上他们先前作为殖民压迫者的身份，看似不怎么值得关注。可是在回顾历史的时候，我们也不妨想想历史的多面性，听听在这片土地上来自另一个国家的故事。《寂寞云园》中提到西恩认出赤柱拘留营的营长从前是告罗士打大酒店的理发师。日本海军军官以理发作掩护，整整七年听英国人聊天，历经两任港督，收集香港的军事经济情报。这一基于史实的细节，也不约而同地出现在《米纸日记》中。正如研究战争创伤的学者卡鲁斯所说，"历史和创伤一样，从来不单纯是我们个体的……我们相互被卷入创伤中的过程，那正是历史。"[①] 的确，他人的创伤也是我们的历史。

---

① Cathy Caruth, *Unclaimed Experience: Trauma, Narrative, and History*, Baltimore: Johns Hopkins University Press, 1996, p. 24.

战争的回忆，历史的承继

铭记历史需要记忆，而叙述记忆，则是我们铭记历史的形式。提起战争留下的创伤，那些经历过的人们总是欲说还休。严歌苓在《金陵十三钗》中通过第一人称“我”讲述着姨妈淑娟的故事。但讲述并不是复述，重新书写是属于后代的历史记录。“我”在讲述姨妈对南京大屠杀那段历史的回忆时，也是对历史搜集、整理、补充的过程。更重要的是，历史也借此得以在下一代中重建、内化和承继。历史真实和小说虚构在这部作品中并行不悖。小说能够还原单纯的记录和数据不能表现的另一种历史真实：体验和情感。

有意思的是，《米纸日记》的创作也正是基于这样的理念。埃尔莎的原型便是题献中作者的姨婆门纳。门纳跟从丈夫离开威尔士来到香港。日军占领香港后，被关进了赤柱拘留营。虽然得以生还，但回到威尔士后，她对这段经历却不愿提及。可门纳还是给后代留下了种种痕迹，让作者得以追随回溯她的那段经历。赖泽赫说，姨婆去世后，她得到了不少盖着香港邮戳的信封。信函抽走了，信封是空的。一枚空的信封正是小说最初的意象和灵感。[①] 后代用隔空对话和想象重新参与了历史，填补了空洞。故事成了两代间的纽带，

---

① Francesca Rhydderch, “Empty Envelopes”, *Planet: The Welsh Internationalist*, May 2012, p. 28-41.

历史也得以承继、延续。

小说形式的虚构性让作者不必局限于原型人物，有更大的空间来探索战争对不同人带来的影响，而多个的视角让人物和事件也显得更为丰满立体。埃尔莎的叙说到山雨欲来的日占前夕；继之以广东来的保姆林讲述着给留在家乡的妹妹的信，她目击了英国人的溃败和日军的占领；然后是汤米在赤柱拘留营的日志；最后从埃尔莎和汤米的女儿玛里这个孩子的视角来看劫后回到威尔士的生活。对战争的历史叙述中，经常会集中于正义战胜邪恶的宏大命题，而小说的笔触则能伸向人性复杂的层面。一方面，作者白描香港的市场里宰杀活鱼、威尔士捕鼠人拿锤子活敲老鼠脑袋血淋淋的场面，那无疑是大规模战争的类比和缩影；而另一方面，小说也描写了德军战俘留在威尔士，娶了妻。汤米深受创伤变得阴郁可怕后，是这个德国人握住了玛里的小手，给了她父亲般的关爱。

根基与家园，自我与民族

赖泽赫在威尔士国家图书馆的一次演讲中提到，姨婆门纳过世后，在她的手提包里找到一块用很厚的油彩刷成英国米字旗的饼干。半个多世纪，她一直带着这片饼干。饼干的确切来处已经无从考证，但一定和日军投降、拘留营解放相关。这段有趣的故事并没有出现在小说中，威尔士人曾经的帝国归属感不是当代威尔士作家的关注点——这或许也是赖泽赫为什么要用小说的形式重新书写姨婆故事的原因之一。

赖泽赫更着意从后代威尔士人的眼光来重现埃尔莎在香港的疏离和隔阂感。一面是埃尔莎作为殖民者的上层生活，住在高级住宅区、参加高级酒店的聚会，三人的小家有专职的华人司机和两个华人帮佣；而另一面是埃尔莎作为威尔士人的格格不入——她在聚会上兴致勃勃地提到威尔士过新年的传统，却无人理会，而与当地的华人，尽管她努力接近，还是隔了难以跨越的鸿沟。

对于自我的身份，我们总是会提及“根”的意象和隐喻。“根”延伸在埃尔莎一遍遍对玛里描绘的归家路上，“根”是绝望时刻汤米祷告时的力量之源。而同时，小说中几乎每个人物都扬帆展翅，经过了迁徙。威尔士人和华人相似，一边是根基深厚的民族性，一边又不惮以四海为家。埃尔莎的两个孩子，一个最后还是回到了威尔士，一个去了香港；从广东农村出来的蓝和林两姐妹则到了香港又走向西方。战争、现代化进程摧毁的家园都可以重建，当代人的家园可能不止一处，大都该有中文难以表达的复数形式，而在具体的表现形式上，可能就是一碗醇香味厚的肉汤、过道上祖辈带回来的一个雕花玻璃灯罩，甚至是海岬上倚靠过的一块岩石。

《米纸日记》中的“米”无疑是东方经历的象征，连接了香港和威尔士，落在纸上，再经过翻译，不单单是他们的故事，也成了我们的故事。最后要提及一点，这是一部用英语写作的威尔士文学作品，但作者也用了不少威尔士语，希望它在中文里也能安家。

献给我伟大的姨婆门纳·维尔德斯（1915—1996，原姓吉利斯）

1942年1月至1945年8月

关押在香港赤柱拘留营

倘若每次离开故土都是一次小小的死亡，
那么每次回归便是一次重生。

——基卡·科尔比

目录

1996年，伦敦

玛吉似乎让人不快，别人对她的反感聚集在她周身，就像她臀部堆积的肥肉。她盯着人看自有一套，别人无意间与她对视时，她能勾住他们的目光。她令人紧张不安。

她端茶送水也做得不称职。有人要牛奶，牛奶竟会倒在茶杯里也会洒在茶碟上。不过通常，牛奶递过去的时候，他们都不会说什么。其中有些人会用哀求的语气说声“谢谢”，同他们和护士说话时一样。玛吉毫不在意。她知道他们不是这个意思。他们是想要换个人来推着送茶的推车经过床前，聊聊天气，管他们叫“亲爱的”。一个普通随和一点的人。过些时候，他们会穿着睡袍沿着走道慢慢挪到埃尔莎所在的偏房找她聊天。

“那个玛吉，”他们说。“她都不知道自己在干什么。”

但埃尔莎也不知道，这正是问题所在。一天应该是什么样子的，她已经弄不清了。开始是结束，然后又是开始。等玛吉出现时，埃尔莎挺高兴见到她的。她知道已经是下午了,很快就是探望的时间了。

“来杯茶吗?”

玛吉站在门口，一手放在推车上，一手叉在胯部。她的头发新染了颜色，像是深粉红。埃尔莎不知道她是否原本就想染成这样。这颜色让她的下颌比平时看起来更红更汗津津的。她看起来就像一头愤怒的猪。

“探望的时间到了吗?”埃尔莎问道。

“先喝茶,”玛吉说,“来一杯吗?”

“好的，请来一杯。”

玛吉转向推车。

“加牛奶加糖吗?”

埃尔莎知道厚厚的瓷杯贴在唇上，感觉会像黏土一般，泡过的茶也会不好喝。

“没有柠檬片，对吧?”

玛吉皱起了眉头。

“你疯了，你真的疯了。”她的鼻孔上挂着一串薄薄的金环。她摇头的时候，那些金环也跟着晃动。

“那稍微放一点点糖。”埃尔莎借着床边的金属横杆让自己坐了起来。玛吉把折叠餐桌放在她的大腿上方，再放上茶杯和茶碟。这会儿，埃尔莎明白了其他病人想从玛吉那儿得到什么。沉默抽空了她们之间的空气，埃尔莎想填满这个沉默的空洞。玛吉再次转向推车去拿一个铝制小壶。埃尔莎开口想提醒说她不要牛奶，但没说出口。

“饼干要吗？”玛吉的注意力似乎被窗户另一侧屋顶上的什么东西吸引住了。

“不要，谢谢。”

“再见。”玛吉说完就不见了。一堆茶碟茶杯沿着走廊一路发出喀哒喀哒的响声。她推着推车撞开双开门时，发出了一声巨响，接着挪动着肥胖的身子朝电梯走去。

一位护士的头从门边探了进来。

“埃尔莎，今天怎么样？”她说。她长得很敦实，似乎一点也不介意把老人裹起来抱上床抱下床，上浴室上厕所。有一天，她在铺床的时候告诉埃尔莎，她是塞尔维亚人。“你过来是因为战争吗？”埃尔莎问她。“战争？不是，不是。我是家里第一个出来的。我老公有 MBA 的学位。”她说。不过今天，她没有微笑，也没有时间。快到她换班的时间了。

“能用一下电话吗？”埃尔莎问。

“你有零钱吗？”

埃尔莎喜欢这位护士说英语的方式，精准正确。每个元音都务必发得到位，紧紧抵着邻近的辅音。

她伸手到床头柜上拿手提包。床头柜装着轮子,她去够它的时候,它就滑走了。这里的所有东西都装着轮子，因此最后就得从一样东西滑向另一样东西。埃尔莎没晕真是一个奇迹。护士轻声走出房间，嗒嗒地沿着走廊走向休息室。

埃尔莎打开手提包的锁扣,伸手在里面摸索着。这里的光线很差,或许是玻璃窗太脏了，汽车的尾气在窗框的角落里堆积起来，也可能是天黑得比过去早了。她渴望着早上明亮的光线，和以前家中厨房的一样。不过现在，她想和玛里说说话，在电话里听听她近在耳旁的声音。她把手伸进包的更深处，在角角落落里摸索着找钱包。她又把包翻了过来，所有的东西都倒在了绿色的床单上：纸巾、一些薄荷糖（都是独立包装的）、一副扑克牌、一本边角剪过的旧护照和一瓶珍珠粉的指甲油。

“我已经告诉过你不能涂指甲油了，”那位塞尔维亚护士说，将装着轮子的公用电话箱推到了她面前。“今晚，在值班医生来查房前，我又得把你的指甲油给擦掉。”

埃尔莎把指甲油放回了包中。护士把它擦掉，埃尔莎又会在夜灯下涂上去，这样周而复始。

“我要给女儿打电话，”埃尔莎说。

“好的，好的。”连护士的笑容也是欢快的。

埃尔莎打开钱包，取出几个二十便士的硬币，将它们排成一排放在她面前的床罩上。她闻了闻上面寻常的消毒剂气味。钱落进下面的空盒时，她跳了起来。她能听到另一头的电话在响。她等待着咔哒一声，告诉她玛里接起了电话，她的心提起来又落下去。但电话一直响着。她叹了一口气，把钱放回了钱包。

尖利的嗡鸣声打破了平静。通向病房一重重的门推开又关上。一小群一小群的人从她的房间前经过——有些脚步声迟疑不决，像是为了去尽个责，有些脚步声快极了，快得像是在恼恨这事侵扰了他们的时间。她又躺到了枕头上，看着他们的影子在对面的走廊的蓝色墙面上移动着。她回想着自己到底有没有记得让那位护士把窗子打开一点，因为光线似乎突然清晰起来，窗外悬铃木上的鸟儿鸣叫着，和四层楼下面的车流合奏着一曲气势汹汹的二重唱。等上几分钟，她再打一次试试。

“嗨！”从街上传来的一个声音盖过了其他声音。她想到了玛吉。玛吉今天剩下的时间都自由了，现在正匆匆去赶公交车或是地铁。她想象着玛吉的臀部在人群中摆来摆去，给自己腾出点空间，挤上了开往奇斯尔赫斯特[①]的160路公交。

“想象一只猪，”埃尔莎的老师有一次在学校说过。老师要求他们画一张威尔士的地图，九岁的埃尔莎不知道从何下手：当时她的

① Chislehurst，伦敦东南面的近郊区，属于布罗姆利区。

世界仅限于格威福[1]、纽基[2]小学和村礼堂旁的陶温教堂。这位老师挥动着粉笔说："这是猪的鼻子——安格尔西岛。"埃尔莎看着粉笔在黑板上刷刷地划动着，白色的粉尘随之纷纷落下。"前脚……丽茵半岛……后脚是彭布洛克郡……臀部是南威尔士山谷地区……卡迪夫是弯弯的尾巴，再过去一点就到了英格兰了。"她坚持在每一点上都逗留一会儿，喜欢把每一件事都做得好好的，还为自己说的笑话哈哈大笑。这其中有点什么让埃尔莎想起来妈妈站在后面的厨房里做猪头肉。他们吃完猪身上所有可以吃的东西后，埃尔莎的母亲常常会把注意力转向它的头。"全部都放进去，"她以前常说，一边切下猪颊和猪耳，和剩下的头一起扔入了大炖锅中，连带上猪蹄和猪尾。"这就是做事的方式。充分利用每一点零碎。"埃尔莎乖乖地听从老师的指导开始画地图，用黑墨水标出卡迪根湾（猪肚）和纽基（猪乳）。她口水直流，仿佛已经尝到了晚餐碎猪肉的浓汁，妈妈或南浓等她回家就会舀出来盛在大餐盘里。

或许这是埃尔莎没有完全对玛吉冷漠的原因。她让埃尔莎想到了家。不是克拉帕姆[3]盖尔斯卡斯街的家。而是她出生的地方，一座俯视大海的房子。格威福。她母亲的房子。当然也是她父亲的房子，

① Gwelfor，原意为看得见海景的房子。

② New Quay，威尔士锡尔迪金郡的一个海滨小镇，位于卡迪根湾旁。

③ Clapham，伦敦南部兰贝斯区的一个地名。

但她总认为它是母亲的。

埃尔莎微笑了起来。她看到一群群的猪在纽基大海旁的山坡上上下追逐着。她数也数不清。她睡着了。

第一章

埃尔莎：1940年，香港

1

九。

埃尔莎往上走的时候，可以数着凿在岩石里的台阶。她可以看着在晨光下绽开的木槿花，也可以看着医院门两侧贴着的茶绿色方形瓷砖。爬上最高处后，她便按吩咐回转身，准备按原路走下去。就在这时，海边整片西部区域那些三四层的大楼开始在她面前晃动。她试图将目光定格在某个确定不动的地方，像维多利亚港那样的狭长海域或是水中的两座小岛，但哪处都拒绝静止不动。她的手扶着栏杆往下滑时，抖个不停。

她不断地吸进气，呼出来，慢慢地数着数。有人告诉过她，适应香港要花上一年，而她只有九个月的时间。他们抵达香港那天，她就开始感觉不适。在香港岛和九龙之间一英里宽的水域内曲折穿行的轮渡散发出来的汽油味，另一侧半岛酒店供应的香槟酒下午茶，她和汤米在赛马俱乐部共进的高档晚餐，无论什么都让她觉得恶心。

一,二,三。

“你怎么样了?”一名护士从高处不耐烦地往下喊道。她们很忙。三等病房里住满了中国女人，她们似乎都已经知道生产是怎么回事。埃尔莎曾见过她们当中的一些人一手抱着孩子，一手拎着轻包在薄扶林路上走。她开始觉得自己真是个麻烦。到现在已经有三天了。护士们告诉她要不停地走动,这样会让婴儿的头倒转过来,她照做了,但肚子还是没有动静。汤米来看过她，随后又回办公室了。

“你需要放松,”护士这么说过。“不放松的话，生产的过程会很痛苦的。”

谁也没说过会是这样子的。半岛酒店里的女人哈哈大笑,告诉她,想想英格兰，让她记着这一切不久就会结束的。她盯着她们看，不明白她们在说些什么。她无法相信时间推着她臃肿的身躯,让她前行,直到她从一个人变成两个人，再也无法从头来过。

她来香港后,这些过于友好的女人给她提了一连串的建议：当然,你可以雇个厨师，也可以雇个保姆；记得中午的时候要拉下窗帘，现在还问题不大，但再过一阵子便会受不了了。另外，你还需要一顶真正又好又牢的蚊帐。但没有人告诉过她，她会站在玛丽医院的台阶上感到孤独又害怕，想要母亲在身旁。

四，五，六。

疼痛再次袭来。她急促地呼出一口气，试图忍住，但疼痛推着往上钻，难以忍受。她再次抓住了扶手，喊出了声。

“谁把她就这样丢在这里不管的？”

她还有一点知觉，依稀听到一名男子的声音。这声音听起来怒气冲冲，但她很感激。她试图抬起头，却向前绊倒了。她只看到了一件白色外套的一角和一双实用朴素而品质上乘的英式拷花皮鞋，但这足以使她放下心来。

“她这样子有多久了？”他说。

“没多久。”这是护士自辩的声音。“胎儿没在动。我们必须让她走走。”

埃尔莎感觉被抬到了担架上，医院的走廊从身边掠过。她伸出手臂想要抓住什么，让一切都停下来，但有人又将她的手臂放回了身体的两侧。护士的手表与她的脸靠得很近，完全挡住了她的视线。金色指针不可阻挡地往前走着，时间悄无声息地流逝。她的围裙有股石碳酸皂的味道。

“她几岁了？”又是那名男子的声音。

“我几岁不关你的事。”

男子的脸往她的脸靠了靠。他的头发是红色的，还有雀斑，但雀斑在他晒黑的脸上几乎看不出来。他的眼睛深深地嵌在眼窝里，很难看出是什么颜色。

“这的确是我的事，怎么称呼这位女士？”

“琼斯，”护士说。“二十岁。第一胎。”

她这样说让埃尔莎想起一个接一个的婴儿。她无法想象自己推着婴儿车在太平山上散步，一个新生儿躺在婴儿车里，后面还跟着两个蹒跚学步的幼儿。

亲爱的，别担心，半岛酒店里的女人们说。她们时而跷起二郎腿，时而放下二郎腿去点根烟。你可以找个人替你做这些事儿。

七、八、九。

她希望担架掉个头，把自己抬回医院的前门，在那里放下她。她希望这位医生愤怒的声音能够消失，不再大声地发号施令。但护士们把她推到了一个明亮的空房间中央，刺眼的光线让她的眼睛感到灼痛。她们把她抬到一张床上，打开了她头部上方的灯。她往上看，在金属灯罩上看到了自己的脸，面容年轻而模糊。

“我是坎贝尔医生，”男子说，“我们给你打点东西止痛。”他转向后面的桌子时，一根手指钩住了她的头发。

护士紧紧地捏住埃尔莎的手臂，将针头插了进去。

医生回到床边，朝她俯下身。

“你的丈夫在哪？”

“在海关大厦，”她说。

“干诺道吗？”

他的脸似乎再次贴近了她的脸。

“是的。怎么了？”

“我需要立即派人过去让他在这些表格上签字。”

“什么表格？”

“有一个新手术，在美国，他们已经开始做了。”

她努力想坐起来，但他一只手按在她的肩上，直到她重新躺了下去。

她问道：“没事吧？”

“我会尽力处理好的，”他的声音不再那么严厉，但他的表情并没有让她感觉好一点。他把听诊器放到她胸部听诊时，目光移到了别处。她盯着他的耳廓看，皮肤和软骨连成完美的曲线。但他再次直视她时，一切都没那么好了，耳朵太大，鼻子太长，颧骨太凸。她想着他是不是可以听到自己体内胎儿的心跳声，就像受困的飞蛾努力挣脱时，无谓地拍打着翅膀。

一条灼热的线扫过她的胸部。他们告诉她别往下看，于是她往上看，在灯罩金属边缘的反射中看到了一切。她看到医生拿起刀，肚子上跃过一线红色。她看到他戴着手套的手指将肉掰开。她看到一只头连着四条小青蛙似的腿被拎了出来。

她等待着，却不知道自己在等待什么。

“你需要嫁妆，”埃尔莎告诉南浓，她即将结婚，还要去香港时，南浓说道。“还要考虑炎热的天气。让我们来想一想。”

她斜靠在玻璃柜台上，拿起一块光滑的裁衣划粉，开始在一片缎子边角料的背面兀自写了起来。

这就是南浓。无论是什么场合——婚礼、洗礼还是有谁回乡，她都会查看她的某个本子，列出单子。列完后，就随处放在一边，等后来找到时，发现要么扔在缝纫机下面，要么在收银台的边上。她会把它们从头到尾再读一遍，疑惑不已，说：“这都是些什么东西啊？我用绢网居然还有罗缎到底要做什么呢？”好像她昔日的自我种种神秘，过于支离破碎，根本无法再把它们缝接起来。到最后，她放下了眉毛，前额上的皱纹也不见了，她又沉浸在现时能够把握的事上。

“那边到底有多热？ 我是说夏天。”

“很热吧。”埃尔莎耸了耸肩。“我不太清楚。”她想到了种种有关香港她还不知晓的事。

南浓拉开柜台下方浅浅的抽屉。她拿出了几本时尚杂志和一本翻旧的礼仪手册。以前，南浓在翻阅这本手册时，埃尔莎会躲到一边，而南浓则舔着食指，迅速翻看着，直到找到想要的东西。接下来是埃尔莎穿着衬裙，南浓嘴里抿着许多大头针，直到把衣服缝好、熨平再挂起来。无论那是埃尔莎的校服还是首次参加正式舞会的礼服都是一样的步骤。

这次也不例外。尽管埃尔莎要比她先结婚,还要去世界的另一边。终于长大成人了。南浓说，她会让埃尔莎像模像样出嫁的，让她俩都脸上有光。

南浓开始列其中的一份单子，埃尔莎静静地等着，知道最好不要打扰。店里飘着南浓的气息，那股她早晨刚刚梳洗完散发出来的味道。她用薰衣草水敷脸，梳顺头发，在头顶盘成一个髻。她闻起来有一股樟脑、玫瑰花和新出炉的饼干的味道。

“新娘通常需要三四件家用的衣服，”南浓照着手册大声读出来的时候，前额又皱了起来。“两三条泡茶用的围裙以及一件厨房用的大围裙。想盛情款待女性朋友和活跃于名流圈的新娘还应该有一件茶会礼服或是家居服。”

“那就家居服吧，”她一边说，一边果断地在柜台上用划粉记了下来，“管它是什么呢。”她吸了一口气，去拿量衣尺。

埃尔莎没有穿那些家居服，也没有穿那些围裙。在香港，人人都有厨师做中饭，晚餐则出去吃。围裙挂在厨房门的背后。南浓用母亲的一件旧连衣裙做了这些围裙。那是埃尔莎最喜欢的连衣裙之一，淡蓝色的格子棉布，很适合日常穿着，充满夏日气息。埃尔莎知道，这是让她念起母亲，却又不必唤醒失去母亲的尘封的黑暗记忆。

埃尔莎试图转移注意力，告诉她香港朋友老家的风俗。新年前夜，男人们会用床单和缎带装扮起来，带着一个马的颅骨挨家挨户地串门，恶搞邻居，为晚上的娱乐活动增添乐趣。这时，他们会不顾礼节，捧腹大笑起来。“对了，他们把那马叫做‘灰色玛里’[①]，”埃尔莎说。她兴奋起来，喜欢有一批听众听她说。他们又嗤嗤地笑了起来。这时，她意识到他们并不是和她一起在笑，便停住不说了。

她记起来，母亲生病的时候，起初没有人告诉她发生了什么。因为是新年前夜，她坐在厨房里兴奋得很，听梅根说着灰色玛里的故事。梅根这姑娘是过来帮忙洗刷的。

“它是真的马？”埃尔莎问道，“还是鬼？”

梅根哈哈大笑起来，在炉灶边搅着锅里的东西。

“都不是。是人扮的。他们在头上盖了一张白色的大床单，其中一个人举着马的颅骨，颅骨上挂着各色的缎带，就想在你开门的时候吓你一跳。就是为了好玩。”

梅根太高兴了，要比平时都高兴得多。平时，她的脸像是一台轧布机，父亲是这么说的。但那天她一直努力表现出活泼的样子，

① Mari Lwyd，威尔士仲冬的一个习俗，通常是庆祝新年，挨家挨户地歌唱，给大家带来好运。

或许是因为有人要求她这样做的。厨房里的一切都太温暖舒适了。在埃尔莎的记忆中，每件东西的表面都闪闪发亮：桌子、挂在炉灶上方的一排锅子，还有埃尔莎非常喜欢的来自墨西哥的小咖啡壶。她们的母亲躺在二楼的床上，脸颊红通通的，头发披散在枕头上，看起来还挺年轻，不像临死的病人。

但埃尔莎还不知道。她的父亲在家待的时间比往常久，这倒是真的，所以她有时间再次适应他，适应他蹦出来的英语单词——这些单词就像种子，撒在一排排犁好的威尔士语的耕地上。而且她也有时间想想这些英语单词是什么意思，有些单词对她而言说得太快了。她只知道母亲身体不适，躺在床上。

后来——至少在她的记忆中，梅根走了，父亲也走了，只有她独自坐在厨房里，听着锅里的炖汤[①]咕嘟咕嘟沸滚的声音。后门传来了敲门声，她一边匆忙去开门，期待着趣事、惊喜还有美丽的缎带，一边喊着，妈咪，妈咪，大家快来看啊，很好玩呐。门开了，装扮好的马看起来就像一匹真的死马，颅骨里的牙齿咬合着。她害怕极了，尖叫着，尖叫着，她的父亲在楼上厉声喊了起来，那声音她从来没听到过。又高又瘦的南浓从楼上走下来，手指放在嘴唇上，带埃尔莎上去看母亲。母亲躺着一动不动，睁着眼睛，窗户都关着，父亲

① 原文为威尔士语 cawl。这是威尔士一道传统的汤。常见的是咸腌肉、牛肉或是羊肉与土豆、胡萝卜以及其他蔬菜同炖。

背对着她们。她母亲的脸平仰在枕头上，嘴唇微翘着，露出了一排珍珠般完美的白牙，带着锯齿状的边缘。

那是最后一次有人在新年前夜造访格威福。南浓根据一本时尚杂志给她们做了黑色丧服，埃尔莎坐在她身边，给她递递针线，但两人都一语不发。尽管埃尔莎只有九岁，但她很懂事了。南浓怎么能开始挑开这无法触碰的失去？对此没有什么实用手册可以借鉴。

埃尔莎听着灯上方风扇有节奏的转动声。医生走向上方有刺眼聚光灯的小边桌时，她看着他的头顶。她转过头去看他在干什么，但护士们告诉她别看。

隔壁房间，一个婴儿哇哇大哭起来。时而有汽车经过楼下通往浅水湾的道路。匆忙的脚步声在铺着发亮油地毡地板的通道里回响。

悬挂在天花板上的风扇又转了几次后就停了。有人关掉了它。医生和两名护士站在小桌子边上，检查着。聚光灯下，一条毛巾摊开着，像一只半打开的包裹。没有人说话。

她屏着呼吸数数，根本没想到会这样。

七、八、九。

一片寂静。

2

母亲去世后，埃尔莎在厨房的餐桌边坐了几天。她读了一些书，练了练连体书法，看几眼南浓做的食物。有时，她就在那儿睡着了，胳膊肘朝外，头靠在前臂上。醒来的时候，脸感觉皱巴巴的，很不舒服。南浓理解，没有说什么。她拿走了食物，任埃尔莎坐在桌旁。她们的母亲自称为名副其实的纽基女人（不过她说“名副其实”的时候总是带着微笑。**让男人去环游秘鲁、合恩角、澳大利亚，然后再回来吧**，她说）。她四角的世界就是这张彭布洛克折叠桌[1]，桌子的一侧有抽屉可以储放餐具，折边可以叠起来。其实它太精致轻便，不是一张厨房用的桌子，但母亲把它放在厨房里。她把折边撑起来，在上面拔鸡毛、揉油酥面团、做苹果酱还有算账。她们要吃东西的时候，她会拿出一块干净的桌布，展开来再抖一下，桌布的角飞到空中，然后落到桌子上。埃尔莎则常常负责摆放餐具，那些有着笨重手柄

---

① 桌面可向两侧翻下的折叠桌，据称由第九代彭布洛克伯爵亨利·赫伯特（1693—1751）设计。彭布洛克位于威尔士西部。

的银质大餐具。如果要熨什么东西，她的母亲会在桌子上铺上一张旧毛毯，让熨斗在她身后的炉灶上加热。她们的父亲回家时（一年一次，也可能一年两次，与其他“名副其实”的纽基男人一样。除非在毛里求斯染上黄热病或者在非洲染上疟疾，那他们就回不来了），他给她们带的礼物也正是倒在这张桌子上供她们端详：肯尼亚的木象（与埃尔莎的玩具娃娃一样大，但象牙是用真正的骨头做的）、日本的茶具、顶盖上了漆的音乐盒。

葬礼后，这张桌子也成为了埃尔莎的重心。南浓走长路去采了野花，放到母亲的坟前，而埃尔莎则用手摸着这张桌子表面的瘢痕，像解读掌印里的生命线一样解读着擦得发白的裂痕。随着时间的流逝，掌印里的生命线变得难以辨认了，但永远不会完全消失。

她和汤米来香港的时候，她想带上这张桌子，与她的其他东西一起船运过来。汤米答应了，任何她想带的东西都可以带上，他都会安排好。但最终她担心会出什么差池，还是把它留给了南浓。再说，这桌子对他们的公寓来说也太大了。这里的厨房内有一张塑胶贴面的桌子，上面的波纹类似大理石。反正这一刻，埃尔莎也不能坐在桌边，因为王正在吃午饭。

她坐在阳台上，看着下面海港里的小划艇。从这上面往下看，一切都显得非常渺小。公寓楼的空地很开阔，遍地是树，减弱了从山下的闹市传到太平山上的噪音。他们刚搬到这里的时候，她觉得这地方令人窒息。她习惯了纽基成排紧挨着的房子，房子之间没有空间种树。除非屋后的花园和小山坡连起来的人家，都种了不少树。她喜欢在近旁看大海听潮声。但现在她很高兴能躲在这里。她并不在乎他们这一高档区的住址，但她可以远离惠斯特牌比赛、各种聚会和演出，等待内心的空洞感渐渐退去。

但这种空洞感并没有退去。每过一天，她都觉得越发没精打采。每次动一动，她都感觉到自己作为一个人体单位的重量，还有某种已经不在了的东西的余音回响。一动不动能感觉轻松一点。

“只要你喜欢，我们可以马上再要一个，”夜间躺在床上，汤米在她耳边低语，但她转开了身子。

他也尝试了其他的方法。比如，趁她去市中心做头发的时候，让王清理了婴儿房，重新变成她的梳妆间，但这些方法都以失败告终。

那天早上，王开车送他去海关大厦前，他说：“一起吃午饭吧？”

她摇了摇头。

门铃响的时候，埃尔莎没有起身去开门。她不想和邻居讲话。现在她宁愿独自消磨时光，每一次呼吸都能渐渐带她离开那一刻——他们取出胎儿时，发现他已经没了生命。

护士们不想让她看他，但奥斯卡·坎贝尔却想让她看到。

他看上去非常弱小，带着焦躁不安的神色，好像哭了很长时间，却一直没人来理他。他的拳头紧紧地握着。她伸出手去，放在他的脸颊上。脸颊仍然是温热的，白色的黏液形成了一张黏性的网，盖住了他的五官。他的眼睛紧闭着。

她知道，汤米当时很生气，觉得医生不该让她看到他。

“你认为这样做能达到什么目的？”她听到汤米说。

“我做了我认为是最好的事。”

“是什么让你觉得这样做是最好的？”

“她现在可以在这事上划上休止线了。”

不过，她明白汤米为什么生气。这件事也在他们之间划了一道线。她看到了他们的孩子，而他没有。她如果想的话，可以细细思忖这件事。她给那孩子取了个名字，不过没有其他人知道，连汤米也不知道，有时她喃喃自语，好像在和他说话。**哈利，快过来，该睡会儿了**，或是**该洗澡了**，或是**哈利，我们现在出去走走吧**。她可以静静地坐一上午，在想象中重新把他拼起来。她可以想想先做什么，他什么时候吃奶，什么时候换上干净的尿布，什么时候抱着他在阳台上走一走。如果她坐在这里，在想象中度过整一天，那几乎就像他在身边一样。

不过，汤米很快便出手制止。

“王说你整天都没动一动。”

“王不是我的护士，他是我的司机。”

“他说你也没有吃东西。”

门铃又响了。汤米说司机不必注意门铃，但埃尔莎希望王没那么耳聋。她已经厌烦喊着吩咐他事情。她打开了前门，有一名中国女子站在门厅里。她的眼睛在脸上显得很大，头发梳成繁复的辫子盘在头上。

她说："小姐？"

"什么事？"

"您想见我？"

埃尔莎看着她摇了摇头。

"我们约好的，"这名女子小心翼翼地说，"王说您这缺人，要我今天过来的。"

试图记起生孩子前的那段时间，就像是从太平山顶摸黑沿着那条唯一的曲折道路下山，在石栗树林中迷路一样。

"不再需要你帮工了。"

"啊？"

"没婴儿了，明白了吧？"埃尔莎提高了嗓门。"你从哪来可以回哪去了，别来烦我。"

她砰的一声关上门，走到阳台上。尽管炎热，但晴空万里，她可以看到九龙的另一端，绵延的楼群到了尽头，楼群后面耸立着一排山丘。海港里的水从早到晚变换着不同的颜色，起初很浅，朦朦胧胧的，到了下午呈深蓝色，之后在日落之前变成了乳黄色。如果天气不错，晚上又有空闲，汤米有时会让王开车带他们翻过太平山顶，再沿海岸开一段路。夜幕降临时，他们常常会坐着看渔夫开工。两艘中国式帆船之间张起一张渔网，朝一个方向航行，另一条挂着煤油灯的舢板朝着帆船之间的空隙航行。汤米说，灯光能吸引鱼。鱼儿直接进入了网中。现在她想这样出去跑一圈，让王开着车飞速穿过村庄。她经过时，人们会盯着坐在车里的她看，但完全不会了解她的痛苦。她也可以回过头来透过玻璃看他们，全无感觉。

她走到厨房。

“阿王？”

王抬起头来看，吃了一惊。

那张塑胶贴面的桌子移到了墙边。他坐在厨房中间的竹垫上。那名来访的女子和他坐在一起。她手中握着一个印有图案的瓷杯，小心翼翼地抿了一口茶。空气中有一股甜丝丝的气味。

“请您原谅，”他说。

“没事，没事。别起来。”

“这是我的表妹，蓝，”他说，“船长还是请她来了……”

“我知道了，”她说。她看着这名女子盘腿坐在地上。她这样高高在上地站着感觉有点尴尬，但又不想坐下。

“非常抱歉。刚才我对你太粗鲁了。”她对女子说。

“您失去了孩子，我很难过。”女子说。

这是第一次有人对她这样说，说出了事实。

“琼斯船长觉得我能帮上点忙。陪陪您，直到您想再出去走走。”

“挺好。请先喝完茶，然后我们可以到客厅聊聊。”

“好的，小姐。”蓝再次拿起了茶杯。

埃尔莎走回客厅，又走到了阳台。她站在炙热的阳光下，让阳光灼烧着肌肤。她看着一品红在花盆蓝色釉料的映衬下鲜红欲滴，吸入了山后树荫凉爽的气息。她在等蓝过来和自己坐坐时，又读了一遍南浓的信。信每周来一次，非常准时。她注视着工整的字迹，有些地方有些潦草。**今天早晨又下雨了，很凉爽。你肯定不会说这是六月。不过，油菜花盛开了，田野里大片大片鲜亮的色彩，像黄油一样厚。**

3

每次一转弯，埃尔莎就会从宾利车的一边摇到另一边，尽管王开得很慢，路上车子也不多。

“要给琼斯船长惊喜吗？”他问道。

“是的，阿王。”

那天早上，汤米离开的时候，没说再见。

“好吧，你不跟我一起去，那我自己去，”他说，“回来不会太早，你别惦记着。”

他走后，埃尔莎在梳妆间里坐在以前放婴儿床的地方，坐了很久。窗帘拉着挡住太阳，她在半明半暗中坐着，种种感觉麻木迟钝起来。她脑海中浮现出这样一幅画面：汤米和罗纳德、丽兹一起坐在赛马俱乐部的露天平台上，替坐在桌旁的女士点烟，他们上方的空气中弥漫着浓浓的烟雾和香水味。她知道哪一类女人会走过去，拉出他边上的空椅子，轻声说：“介意吗？”他会跳起来，替她把椅子推进去，微微一笑，却不会注意她看他的样子，因为女人总是那样看汤米。初入上流社会的年轻女子根本没有勇气与他说话：她们只会涨红脸，盯着他看，直到他感觉到被人注视着，环顾四周。这时，她们会再次涨红了脸，身后海港里的海面忽明忽暗地闪烁着，汤米会不假思索地回一个微笑。与其他女人谈论孩子饮食和慈善活动的已婚女人也会多看他两眼，接着又把目光转向各自的丈夫，很使劲地继续之前中断的话题，像是从一条裙子里拉出一根线头。她必须留意的是那些年纪较大的单身女子，她们身材匀称，经济独立，并不需要男人，但并不介意时不时逢场作戏一下。但汤米总说没有别的女人适合他。他会转向围坐在桌子旁的朋友，说在香港，没有其他女人说的威尔士语能有她一半好。所有人都哈哈大笑起来，埃尔莎也会一任自己跌入这些说了又说、熟悉不过的笑话中，也跟着一起哈哈大笑，汤米会把手放到她的手上——“对吧，亲爱的[①]？”

但是汤米现在不再开玩笑了，埃尔莎也不再听他说什么都哈哈大笑。**失去一个孩子可不是玩笑**，她想象着那些妈妈样的女人对他说。**她永远不会和原来一样了，你知道的**，说着一只手搭在了他的肩上。

王替她拉开车门，她下了车。车仍然发动着，欢乐谷散成一个圈包围着她：平整修剪过的草坪，广阔的蓝天，远远地落在后面的太平山。

“阿王，别等我了。”

他露出失望的神色。蓝说过，王最喜欢一下午坐在车里等，擦亮车里的仪表盘。她说的时候语带轻蔑，马上又记起自己是埃尔莎的女佣，于是用手捂着嘴说还有事要做。但上次埃尔莎请她在阳台上陪她的时候，埃尔莎待的时间比往常久，一下午过得更快了。

这个酒吧又拥挤又闷热。男人们四下随意站着，一手拿着酒杯，一手拿着赛马的单子、烟或是烟斗。他们当中的一两个人透过烟雾痴痴地看着埃尔莎。每个人看起来都热得很。

她走过汤米的一个朋友，他也在海关大厦工作；他朝她笑了笑，她也朝他笑了笑，看着他皮肤上的亮光消失在眼睛周围的皱纹中。

---

① 原文用威尔士语“cariad”。

"请让一让。"她从一群人中挤出来，再小心地挤入另一群人，感觉到别人暖乎乎的呼吸吹在她的后颈上。她经过一桌子的女人，她们围坐在一张矮矮的咖啡桌旁，相互传着一只打火机。她们说话的口气带着不容置疑的权威性。

"可是，看在上帝的分上，"其中一位慢吞吞地说道。"看看你们周围，一切都好端端的呀。"

她旁边的女人点上打火机，深深地吸了进去，直到烟点着了。她用完后便把打火机啪地合上了。

"我很高兴只是路过而已。我觉得你们都应该马上出去。"

丽兹看到埃尔莎似乎并不吃惊。她已经头昏脑涨。

"罗纳德，再给我们来一杯。你真是好人。"她举起了空杯子。

罗纳德给埃尔莎拿来了威士忌加苏打水，酒让她的舌根发麻。丽兹坐到椅子上，拍了拍罗纳德的膝盖。

"罗尼[①]和我有事要告诉你，对吧？"

"对，"罗尼说。他朝酒吧柜台的方向瞥了一眼，一群年轻的女子四下站立着，正在抚平裙子，等着比赛开始。

"什么事？"埃尔莎问道，不过随着胃里一阵翻腾，她觉得自己或许已经知晓答案了。

"我和罗尼要有孩子了，"丽兹说，声音响得让旁边一桌的人都

---

① 罗尼为罗纳德的昵称。

能听得一清二楚。人们礼貌地转过身来对她笑笑，一边举起了香槟酒杯。

“太好了。”埃尔莎试图让人听起来很兴奋，但说出来的声音却低沉平淡。“我为你高兴，丽兹，真为你高兴。”

“你下次也会一切顺利的，没问题的。”丽兹碰了碰她的肩膀。

或许有些女人天生就适合生育，有些女人却不适合。丽兹的体态柔软宽松，似乎适合生育。或许埃尔莎过于紧张，就像汤米那天早上说的那样，总是绷得太紧。她至今还是会纳闷为什么胎儿的手会紧紧地握着，仿佛他一直都知道有什么地方不对劲，不会安然无恙。埃尔莎曾经无忧无虑地享受了九个月，像游客一样外出观光。在鸟市里走过一排排蓝金色的金刚鹦鹉，羽毛在她的四周飞舞着。在花店里买奇异夺目的花束，用红绳捆起来。她觉得香港大胆奔放，色彩鲜亮，就应该如此。她一直以为这是一切的开始，而哈利却一直都知道这是一切的结束。或许只有他一个人知道。还有那位医生。他当即就知道了。

南浓列了一张新生儿必备品的单子，航空寄给了她，但在邮寄途中出了问题，她出院后才收到。窗帘拉着，她坐在床上一遍又一遍地仔细阅读那张单子，试图像破解某种密码一样地来破解它。南浓坚信婴儿会降临到这个世上，而他们降临的时候，需要毛线鞋和土耳其厚绒浴巾。

“汤米在哪儿？”她问丽兹。

“吧台的另一侧。”丽兹的手仍然按在罗纳德的膝盖上，像是为了确保他不站起来去吧台。

埃尔莎伸长脖子，四下看着一群群的臀、腰和放在口袋里的手，最后看到了汤米。他背靠着墙，一只手臂伸在吧台上，一只脚踩在金色围杆上，围杆从他的脚下一直延伸到门边。他正哈哈大笑着。一名黑发披肩、穿着朴素羊毛裙的女子站在他和其他人之间。她混在一群穿着透明硬纱礼服和绉绸礼服的人中间，显得突兀不合群。埃尔莎看着汤米的脸。那名女子说话的时候，他仔细听着。她做作地打着手势，或许还轻声地说着话，这样他就得朝她弯下身子，全神贯注地听她在说什么。他突然停止微笑，开始点头，好像她正在告诉他他知道的东西，而他同意她的看法。埃尔莎走到她身后的时候，那名女子正把手臂搭在他西装的翻领上，说得更快更急迫了。

“埃尔莎，”汤米打断了那名女子，伸手将埃尔莎拉到他俩中间。他伸出双臂抱住她，把她拉到了身边。他衬衫的一个扣子松开了，埃尔莎感觉到他火烫的肌肤贴着自己的肌肤。

“埃尔莎，这位是咪咪·福赛斯小姐。她是一名记者。”

这名女子正面看起来比背面老；她的头发中有几缕灰发，眼睛周围的黑色眼线也有点化了开来。“很高兴见到你，”埃尔莎说道，一边伸出手去握手。

“在香港过得不错吧，琼斯夫人？”

这名记者看着汤米，而不是埃尔莎。

“就像在家里一样，挺舒适的。”埃尔莎努力让人听起来很有礼貌。“你呢？ 你为什么在这儿呢？”

这名女子很不情愿地回答了下，好像她情愿整天向汤米抛媚眼。

“马上要爆发战争了，我是过来做报道的。”

埃尔莎仔细看着汤米，期望看到他挂上社交时常用的其中一副怪相，再加上一句对日本人狂妄自大的评论。但他仅仅将手臂从吧台上抬了起来，像是要阻止冲口而出的话，又像是向它们投降，埃尔莎不知道是哪种意思。埃尔莎琢磨着他对这名记者有多熟悉。

“咪咪，你不觉得对这事儿你有点紧张过虑吗？”他已经收敛了微笑。

“事态正在变得更加严重，汤姆[①]。”她说他的名字的时候，仿佛这名字是她的。她一边说着，一边把头发捋到了耳后。好像埃尔莎并不在场，她直接盯着汤米看，等他来反驳她。

“伦敦遭到轰炸了，”埃尔莎说。“这里没有。”

除了从香港的日报中读到的一则来自家乡的古怪报道外，她不知道炸弹爆炸会发出怎么样的响声，也不知道会造成怎么样的破坏。对此，南浓在信中提到的只是鸡蛋和糖的价格又涨了。

---

① 这里是对汤米（Tommy）的昵称。

"你对太平洋战场的情况了解多少？"咪咪说。

南浓会知道如何对付这类女人。喜欢小题大做、作秀的女人。

"这就是你在做的工作吗，福赛斯小姐？"埃尔莎说。"坐在办公室里写欧洲战事的报道？"

"我做的工作，连一半都不能告诉你。这是保密的。连汤米也不能告诉。"又提到了汤米，她丈夫的名字像是一只温暖的手掌包住了这个女人。

她想着他们取出哈利的时候，不知道他是不是已经死了，还是在检查桌上停止心跳的。过后谁都没怎么提，只是说觉得很痛心，好像既然已经发生了，怎么发生、为什么发生真的都已经无关紧要了。但这些细节正是埃尔莎想记住的，就像压在书页间的花日后掉了出来，色彩褪去了，汁水干透了，但仍会让她想起他在她体内度过的短暂又黑暗的一生。这个记者是不会理解的。

汤米清了清嗓子。

"女士们，先生们，第一场比赛将在五分钟内开始。"有人朝吧台喊过来。人们开始三四个人一群地慢慢走向外面的看台。

他们是最后一批走的，汤米转身谢了谢一直为他们把着门的侍应生。

"你好，戴，小伙子！"汤米大笑起来，拍了拍他的背，小伙子也笑了起来，没意识到自己穿着浆过的、笔挺但大得不合身的衬衫看上去挺滑稽的。汤米对谁都不会视而不见。他对谁说话，都好像他是他们的朋友，而且说的还不是那种不想听到回答的寒暄话。他和他们说话的时候，他们也都会眉开眼笑，即使他仍在为六个月前第一次说的某个笑话哈哈大笑。

“是啊。”小伙子的手放在门上。“戴是一个漂亮的威尔士语名字[①]！”他微笑着说。“下午好，船长。”

“再见，罗戴，”埃尔莎经过他的时候说道。咪咪·福赛斯这会儿已经走在了前面，埃尔莎于是又高兴起来了。“很高兴再次见到你。”

“我也是，船长夫人。再见。”

汤米关上身后的门时，埃尔莎一眼瞥见罗戴用一块抹布擦着杯印和像孢子一样在桌面上四散开来的香烟烧灼的痕迹。他曾经有一次告诉她，他喜欢赛马。

汤米心情很好。他和罗纳德赢了不少，还有一场比赛。埃尔莎看得见发令枪举在空中等待信号。那一刻，他的手指扣动扳机，像橡皮筋一样伸了开来，后来埃尔莎对于这一下午的记忆只有随意散落在地上的稻草，俯身弯腰准备冲出去的骑师，马受了惊一匹接一匹地腾跃起来。两分钟后，光滑的棕色肌肉如闪电般飞驰而过，比赛结束了。

---

① Dai 也是威尔士语的名字，为 Dafydd（大卫）的缩略。

“罗纳德和丽兹去哪了？”

汤米将一大叠美钞塞进了钱包。

埃尔莎看到他们从俱乐部里出来。丽兹看上去有点凌乱却很开心。汤米一只手搂着埃尔莎，他们走向罗纳德的车。

“今天你能来，我可真高兴，”他对她说。这时天已经凉了下来，她很高兴他的手臂搂在她的肩上。

一名男子迎面经过他们，回俱乐部去。他穿着一身帅气的西装，头发全部往后梳。

“是奥斯卡·坎贝尔吗？”

“我没看见。我觉得不是，”汤米说，又将她拉到了身边。替她开车门时，亲了一下她的脖颈。

罗尼沿着沙宣道开，一排排鞋店一家挨着一家。埃尔莎等着汤米拿她排列在衣柜底部的鞋子开玩笑。但他根本没有在意那些鞋店。他正在低声快速地与罗尼说着话，罗尼默不出声地点着头。后视镜里他的眼睛从左到右扫视着两侧的人行道。

车经过一家药店。药店橱窗里展示着一个装在瓶内的胚胎，小小的，凝成一团，埃尔莎觉得很难相信它会长成一个真正的婴儿。丽兹用手帕捂着嘴。在一个十字路口，一个乞丐的手从开着的窗户伸了进来——“行行好，行行好，”——让她们两人吓了一跳，罗纳德恼得骂起人来。

他说："丽兹，看在上帝的分上，快关上车窗吧。"

接着他们转弯经过了理发店和吉米咖啡馆，城市的霓虹灯开始在他们的下方退去，亮闪闪地连成了一片。

汤米侧过头朝埃尔莎眨了眨眼睛。

"快到了，"他说。

4

埃尔莎一只脚踏上有轨电车上层的楼梯时才意识到犯了错。蓝停了下来，指着司机旁边的中文标语。

"我不能上去。华人坐下面。你上去吧。该下车时，我会叫你的。"

两边窗户都开着，互相通风，飘进来一股子鱼腥味。下面的街上，细长的店铺前叠放着金属盘子，青菜、疙疙瘩瘩的大块生姜、番薯和绿色西柚堆得高高的。一位鱼贩子站在砧板前，一只手拿着一把大菜刀，另一只手把一条鱼按在砧板上。鱼儿无助地上下翻跳着，先是头再是尾巴，从这一头跳到另一头。他用刀柄砸了一下鱼头，接着就开始掏内脏。它还在扭动，一侧的透明鱼鳍上下拍打着。

“德辅道到了，琼斯夫人。”

蓝说这话的声音够轻的，但她的声音从楼梯传了上来。埃尔莎握住金属把手，让自己站了起来。蓝在人行道上等她。

“店铺在哪儿？”

她们在人群中挤来挤去。男人们推着装满货盘的推车，老妇人弯着腰，挑拣着竹篮子里的东西，小孩子在他们中间到处乱窜。

“在般咸道。就在附近。”

埃尔莎感到不自在。她能感觉到华人在看她，注意到了她的存在。尽管她穿着平底鞋，但仍然觉得自己太高。她们离开主道，走出人群，朝一座很陡的小山走去时，她觉得挺高兴的。

“就是这家，”蓝说，走进一家外面挂着金红双色纸灯笼的店铺。

光线昏暗的屋子里，一男一女正坐在地上缝东西。他们的手一上一下协调一致地移动着，好像在指挥一个看不见的管弦乐队。他们正在做一件绣花的真丝连衣裙：他在处理贴边，而她正在把白色的绲边缝入高领中。他们沿着衣服移动的时候，会抬起头来互相看一眼，确保对方不会移动得太快或是没有示意一下就拉动衣料。

埃尔莎渐渐适应了昏暗的光线，他们满脸皱纹的脸形也开始变得清晰起来。老妇人看上去有点像王。不过做他的母亲，她看起来年纪大了点。埃尔莎立即坐了下来，免得尴尬，还得让他们放下手中的活站起来，但他们吃惊地看了她一下，移了开去，好像她和他们坐得太近了。

“很高兴见到你们两位，”她说。

他们又朝她看了一眼。

蓝坐在埃尔莎旁边，自在地跷着二郎腿，而埃尔莎却无法找到这份自在。她和这对老夫妇说了几句，一定是粤语，也可能是国语。汤米会知道两者的区别。接着他们向埃尔莎微微笑了笑。

“他们不会说英语，”蓝对她说。“他们在香港都待了十年了，但他们仍然更喜欢说我们自己的地方话。”

埃尔莎不知道她原先期待什么——或许是更大的地方，里面还有一张可以坐的柜台。在布里斯托裁缝店，南浓的柜台也可以当成一张桌子。如果有时间，她会给顾客泡上一杯茶，说：“这下，我们好好聊聊吧。”不到十分钟，顾客就会忘记原本想做的是改衣服，开始仔细打量一件礼服用披肩的样式，盘算着她们多久会披一次，以及买下披肩要花多少钱。她们会在脑海中形成一个自己的模样，那模样会让她们高兴一下，而南浓会明确无误地知道如何逮住这个模样。她中断了闲聊，特别指出披肩上的珠片饰带，用指甲点了点打开的彩图页。“看，我觉得，细节才是关键。不管在哪儿，在灯光下，那都会熠熠生辉，引人注目。不过，也不是很隆重，对吧？ 要我说，是上档次。”

蓝又和那对夫妇迅速交谈了一番，在埃尔莎听来，口气有点硬。

夫妻俩站起身，一边搓了搓僵硬的关节，老妇人示意埃尔莎跟她穿过帘子来到较为隐蔽的店铺后部。她给埃尔莎量了尺寸，手指敏捷灵活，即使量衣尺穿过她的衣服，都几乎没有碰到她。她隔着帘子大声与蓝说着话。她说话的时候，埃尔莎注视着她，但她面无表情，等待着蓝的回答。

“她在问您要什么风格，”蓝说。“您想带一些图片或者时装书再过来一趟吗？”

“告诉她，我相信她能给我做出一件漂亮的衣服来。任何风格和颜色都可以。”

埃尔莎从帘子后走了出来。经过这家店的人看到她站在那儿，都多瞅了两眼。她开始觉得自己好像占了太多的地方，于是往街上退了一步，差点撞到一名路过的妇女。这名妇女的背上紧紧地绑着一个婴儿，随着她的步子，婴儿的黑色辫子一上一下地摆动着。要是让婴儿靠得这么近的话，他们什么事都不会发生，她心想。

“她说要选粉色，深粉红来配您的黑头发。周末就可以取了。”

“这么快？ 不急的。”

“对，对，周五之前，”蓝说着也走到了人行道上。

王氏夫妇鞠了个躬，几缕细细的白发中露出了锃亮的头顶，接着又并排坐下继续干活了，手指不断地从衣料中进进出出，新鲜柔软得像新杀的鱼，脆弱的白色骨节都露了出来。

“有什么地方可以吃午饭吗？”

埃尔莎还不想回公寓。她想等到汤米下班回家的时候再回去。

蓝放慢了脚步。

她说：“这边走。”

饭店在一幢大楼的角落里，有三层，拥挤的餐桌间蒸腾着暖烘烘的热气。人们按照各自的大家庭坐着，有几名男子在看报纸。

埃尔莎很高兴窗边有凉爽的微风。她摘下帽子，往外看着架着起重机的船和舢板在码头上挤来挤去地抢空间。她们旁边的一张桌子上肯定有二十个人，个个都穿得很体面。孩子们趴在地上玩捉迷藏，在垂着的桌布下钻进钻出。时不时有个孩子会钻出来和他们的父母说上几句，又钻回去。桌布揭起来时，埃尔莎看到他们在玩陀螺，双眼紧紧盯着，陀螺上端彩色的花纹随着转动模糊了开来。

一名女侍端来了一个托盘，上面摆满了竹屉，把它们一一摆到了桌上。蓝掀开盖子，用筷子指着每个竹屉里的东西一个一个地介绍。

“豆腐、冷面、蚝菇蒸鱼、菜饺。”

埃尔莎每一屉都尝了一点。饺子从筷子上滑落下来，她不得不一次又一次努力地再夹起来。她看到旁边一桌的孩子们都看着她哈哈大笑起来。

“你到底是怎么夹起来的？”

蓝笑了笑，摇摇头。

“来，让我来帮你。”

她们一边吃一边看着外面的海港。一枚陀螺从她们旁边一桌的桌子下面跳了出来。一个男孩低着头爬了过来，伸手抓住了陀螺，然后迅速跑开了。他的母亲用筷子夹起火龙果吃。一瓶瓶的白兰地端到那张桌子上。男人们举起杯子，喊一声“干”，一饮而尽，再一次又一次地加满酒杯。

“这是婚宴，”蓝说。

新郎和新娘的脸颊看上去像是因为一直在微笑而发痛。埃尔莎想吸引蓝的视线，分享这个玩笑，但蓝似乎已经陷入了一种自我隔绝的心绪中，一脸遥不可及的样子。她正注视着坐在她们另一侧的一对夫妇。那个女的在咯咯地笑，依偎在男的身上。他咧着嘴一脸灿烂的笑容，简直惠及周围的每个人。埃尔莎想，听他的口音，估计是美国人。他还年轻，比埃尔莎大不了几岁，但他下巴的皮肤松松地耷拉着，或许是因为他有点胖。坐在他边上的华人女孩的脸上挂着一个奇怪的微笑，灿烂却不自然，就像德辅道上一个彩灯装饰的商店招牌。那个男人拿起筷子，递给女孩；她帮他把筷子握在了手上。蓝冷冷地看着那个华人女孩，好像她是外面街上肉店里挂着售卖的一只鹅。那个男人什么都没有注意到。他在桌布上来回滚着啤酒瓶，从一只手传到另一只手。每次他的身体一动，埃尔莎就能看到他衬衫领子上方太阳晒到的地方，鼓着一块红彤彤的肉。

埃尔莎想问问蓝放假的日子做什么，会不会和这样的男人来这样的地方，但她知道蓝会觉得尴尬，拿手捂着嘴，什么都不会说。

于是她说:“你偶尔有思乡病吗?”

她们四周其他桌子上零零散散的说话声开始慢了下来。那张婚宴桌上，一个小孩蜷缩着坐在一个女人的鞋子上，拇指含在嘴里，一边的脸颊贴在她的腿上。

“思乡病? 什么意思?”

蓝整理了一下竹屉，盖上盖子，放在桌边等女侍来收拾。

“我的意思是，你想家吗? 你老家在哪儿?”

埃尔莎在脏盘子的边上放了一张十元的纸币。

“不用找了,”她对女侍说。

女侍鞠了个躬，把钱放进了围裙。

“广州? 我三年没回去了。”

蓝的回答正是埃尔莎预料之中的:不是“想”或是“不想”，而回答却是完整的，答案不言而喻，就像蓝她自己。

外面已经凉了下来，但人行道上仍然很拥挤。埃尔莎跟在蓝后面，随着她在推着推车和拉黄包车的男人，还有装在一张张宽而浅的竹匾中在太阳下晒着的鹰嘴豆间穿梭。她试图像蓝那样轻盈地移动，平衡身体，优雅地一举绕过这些障碍。她们正准备过马路去有轨电车站，一辆汽车在她们身旁停了下来。

“你一个人到底在这儿干什么？”丽兹大声喊道。罗尼在她旁边，坐在驾驶座上，戴着墨镜，注视着前方。

“我不是一个人，”埃尔莎说。

“上车岂不更好？我们送你回家。”

埃尔莎转向蓝。

“别急着回来。六点之前，我这边没事。”

那一刻，蓝看起来挺高兴，那天第一次见她这么高兴。埃尔莎上了车，他们沿着德辅道开，超过了有轨电车。蓝仍然站在人行道上，脸上再次变得面无表情。汽车快速驶离的时候，她周围的一切都在移动，快速往后退去：她后面商店里竹笠的三角尖，路另一边水果摊上黄色的芒果，她左边黑乎乎的小巷，长长地穿过一整条的街区。有那么一会儿，它们聚到了一起，像一场交响乐最后的和音。接着蓝转身走了，它们再次离她远去。

“你看起来累了，”丽兹说。

“我忙了一天，是累了。”

“你如果不想来这次聚会，可以不用来的。”

“到周末，我就会好多了。罗尼，我无论如何都不会错过你的生日的。”

“谢谢，亲爱的，”他一边说，一边往车窗外呼出了烟。“这次聚会一定会很不错的。”

丽兹哈哈大笑起来，往车子侧镜照了照自己。“会有够多的客人，够多的香槟。我都落实好了。”

车在一个交叉路口停了一会儿。在他们的一侧有一片建在陡峭的山坡上的华人墓地。一座坟前有个男人弯着腰，一只手拿着一把小扫把，另一只手拿着一只簸箕。然后罗尼再次踩下油门，朝太平山顶开去。他们周围的一切渐渐消失，融入模糊的林木和蓝天之中。

5

“怎么了？”汤米对着镜子在整领结。

“没事。午饭后，我睡着了，做了个噩梦，没什么事。”

“我们该走了。”

灰色的天空下，维多利亚港平静无浪。没有人会猜到埃尔莎梦中的暴风雨，海浪奔腾着冲出海港，冲向滨海的酒店、商店和人群。她梦到，他们坐在半岛酒店里，海水翻滚着冲向落地大窗，玻璃迸裂，锋利的碎片乘着一波大浪冲向她，刺割着她的手。她大声尖叫着，高高地举起双臂，鲜血滴沥，但谁也没有注意到她。他们还是和往常一样，好像只有她遭受了这一切。接着她就醒了，意识到确实是如此。

埃尔莎离开码头踏上船前犹豫了一下。有那么一会儿，她觉得下面的一切都在摇晃，一只脚下的踏板和另一只脚下的码头也都在动，幸好汤米拉住了她的手，惊慌感平息了下来。

舢板掉头面向九龙的时候，夕阳映在青灰色的帆上，蝶翅般对称地舒展着。滨海区域地势的平坦让埃尔莎大大吃了一惊。海港另一侧的半岛酒店或是其他哪个高档的地方有一天被淹没，这并非是不可想象的。但潮水高涨时，似乎并没有人担心。就像今天，潮水几乎已经冲上了码头上的人行道。他们和罗尼、丽兹一起经过停在半岛酒店外面一排排打了蜡的汽车引擎罩时，她对汤米提了提这事，但他只是笑了笑，说她太把母亲的民间故事当回事了。

“什么民间故事？”罗尼问道。他抬起眉毛等着听笑话，一边看着汤米替埃尔莎拉开椅子，等她坐下后自己才坐了下来。

“罗尼啊，就是黑暗的威尔士神话。”汤米说，把眼睛瞪得大大的。两人一起大笑起来，汤米的大手拍着大腿。埃尔莎非常喜欢汤米的手。她是因为这双手同他结婚的。那是一双农夫的手，像一把铲子，手指头粗粗的，让她想到自己的家乡和家乡人的活计。他们要么种地，要么做商船的水手环游世界。或是两者都做上一点，汤米家的人一向都是那样的。她把他的手翻过来，可以循着他的掌纹，好像那些掌纹绘成了纽基的地图，她走到哪儿，就可以带到哪儿。她把他带上床时，他用威尔士语和她说着话，那双农夫的手抚摸着她的双乳。她记得他向她求婚那天，滚圆的红太阳映在克姆特地[1]荒弃的小海湾水面上，还有内裤沾上沙子后硌人的感觉。她记得自己高兴极了，有了未婚夫，不会再被当做孩子了。

罗尼已经喝了太多的香槟，注视着她。

“裙子真好看，埃尔莎，”他说。

丽兹点起一支烟。

“谢谢，罗尼。”埃尔莎俯下身亲了一下他的脸颊。“生日快乐。”

“谢谢，亲爱的。”他握着她的手，握得太久了一些。

“你丈夫喝高了吗？”汤米对丽兹说，一边想引起侍应生的注意。

“他一下午都在喝，”她答道，没有一点笑容。

“罗尼啊，看来有些事我们需要聊聊。”汤米伸长了手臂。他没有打响指，而是摆着大手，一名穿着白色双排扣制服的华人男孩走到桌前，举着的银色托盘盖在上腹上。

“来一瓶香槟，”汤米说，“不，来两瓶吧。”

男孩鞠一下躬。他翻转托盘，清理了桌上的空酒杯。

他们喝掉第二瓶香槟的时候，埃尔莎脚下的大理石地面开始挪移起来。风摇晃着朝着酒店前庭开着的窗，发出很大的声响，她也

① Cwmtydu，位于威尔士西部，纽基附近。

不再觉得不安。

“我得上洗手间去，”她不出声地打口型对丽兹说。

“我和你一起去。”丽兹伸手去拿自己的包。

到了洗手间，埃尔莎径直走入隔间，整了整裙子。她听到外面的门推开了又合上了，接着是咪咪·福赛斯的声音：“你看起来很漂亮，丽兹。”

“开始鼓起来了，”丽兹听上去又高兴起来了。“今儿晚上可真热闹，是不是？”这几个词说得变了调，好像她是一边涂上一层唇膏一边在对着镜子皱眉头。

“我估计大家都尽量在享受好时光吧。”

埃尔莎裙子上的小针脚像是在她眼前跳动不已，可当她凑近仔细看时，这些针脚齐整细密，就像王的裁缝店里缝制的一样。

“埃尔莎在哪儿呢？”咪咪说。

丽兹含糊不清地咕哝了一声。她一定还凑在镜子前，一圈圈地涂抹着糖果色的唇膏。

“那条裙子，”咪咪说。“你觉得是不是让她看起来有点儿……唔，你知道……像是……”

“成了本地人了？”

“你应当同她谈谈。”

丽兹的回答被门咯吱打开又合上的声音遮住了。等埃尔莎从隔间出来时，她们俩都走了。她洗手擦干，两手都在颤抖着。红色的墙朝她挤压过来，她能看到的只有水槽上方褪去了亮泽的镜子边框，箔金的贴面剥落了。不过当她看着自己镜中的模样时，她看得出原先脸上让她总是含着笑的圆润不见了，变得有棱有角、洞晓世事起来，肩胛骨上也柔和地突起了一块骨节。

从洗手间到通往楼下酒店大厅的楼梯隔着一条深长无窗的走廊，走向洗手间的人都避开刚刚离开洗手间的人的视线。埃尔莎也一样朝脚下看。她唇干口燥，头痛欲裂。不知道还要等多久汤米才会准备回家。

“琼斯夫人？”

她抬起头来。

“嗯？”

她马上认出他来。

“我是奥斯卡，奥斯卡·坎贝尔，”他说。他伸出手来，像是要握她的手。但当她握住了他的手，倾过身子准备接受亲吻时，他避了开去。

“你好吗？”

自医院的那天之后，谁也没有这样问候过她。有时候，她对礼貌礼节憎厌极了。

“对不起，”他说。“我不是想让你难过。”

“没有，一点儿都没有。谢谢你的关心。”

“我非常抱歉……你的孩子，”他说。

她意识到他仍握着她的手。她想靠上去，这只手曾经坚实有力、不容置疑地握住过她的失去。她注视着他，看他试图调整他们对话的方向，要和在半岛酒店饮酒用餐的人们的社交礼仪合上拍。

“你还在香港，我很惊讶，”他说。

“你为什么惊讶呢？”

“很多太太早已经离开了。有些回家了，有些去澳大利亚了。”

“哦，这样，”她说着挥了挥手，又意识到自己的动作太过夸张。她实在喝了太多的香槟了。“汤米说没什么好担心的。很快就会过去的，他是这么说的。他认识好几个记者，消息灵通。”

“哦，他这么说的？”奥斯卡说。“无论怎样，很高兴见到你。”

他走开时，似乎又僵硬又正式，她忍不住微笑了起来。他的步子又快又大，没几秒钟，他就消失在拐角处了。

她在楼梯上端逗留了一会儿。一支四重奏弦乐队正在其中一个楼厅里演奏。楼梯下的大堂似乎离得很远。原来分桌坐着的人群已经分开重新组合，或是把桌子拼在一起。每个人都在笑着，高声说着话为了别人能听清。埃尔莎听着他们的说话声，主要是英语，但偶尔也有些法语和荷兰语，四下的声音冲向天花板，在她站立的地方，混合成了一个人声喧闹的巴别塔。

她看得见罗尼仍旧懒洋洋地倚在椅子上。丽兹笔挺地坐着，两手放在手袋上，像是随时准备起身离开。

汤米的座位空了。

她四下看了看大堂。一片男士黑色领结礼服和女士礼服的海洋，零星点缀着侍应生白色的制服。

大堂和大堂的一条出口走道之间放着一盆高高的棕榈树，旁边站着两个人。若他们俩是坐在某张桌旁，几乎不会注意到他们是在那儿，更不消说注意到他们是谁了。但是埃尔莎熟悉汤米宽大的下巴和他的大手。她熟悉那顺着咪咪·福赛斯的礼服后面一路下滑的粗大、平阔的手指，最后停到了她的臀部。她知道被他那样紧紧压着是什么样的感觉。她一时觉得血液在皮肤下奔涌起来。

大堂里一群群的人仍旧在不停地转动着，连接成变换着的色块：从上面看下去，他们就像一方标志出来的区域，不断地变化着。随即狂风又开始撞击玻璃窗，声响大得让底下喧闹的谈话声都出现了片刻的中断。埃尔莎心想，这一切会不会就在她的眼皮底下变成一片汪洋，这一群人会不会永远消失在浪涛中，而他们自己不知怎么也参与了谋划自己的消亡。就像小时候妈妈给她讲的故事，卡迪根湾低地的守门人喝醉了酒，忘记把通海闸门给关上了。村子里的人都在睡觉的时候，整个村子被海水淹了。只是妈妈告诉她这个故事的时候，虽然大风摇撼着格子窗框里的玻璃，但有妈妈抚摸着她的头发，她觉得安心，没有惧怕。

汤米说，与对的人交往对他很重要。埃尔莎问他咪咪的事时，他是这么说的。

她看到底下有一蓬浓密的红发穿过人群。奥斯卡。他像是从一群人走到另一群人，告诉他们什么事。人们开始收拾起自己的东西，朝大门走去。

汤米和咪咪走回到丽兹和罗尼坐的桌子旁。罗尼张着嘴睡着了，汤米只好把他摇醒了。

埃尔莎下楼到了大堂，朝他们这一桌走去。

“埃尔莎，我们得走了。”汤米穿着礼服，看起来热得很，而且语速很快。“暴风雨马上就要来了。”埃尔莎看着大片黑色的海水在他们四周涌上来。

“我们不会被淹没吧？”丽兹问。

埃尔莎直盯着维多利亚港的灯光，千千万万地映衬着墨黑的天空。一艘巡洋舰匆匆忙忙地驶过，造成了海水突然上涨，把舢板像浮标一样顶了上来。她听见身旁的汤米让她抓紧了。咪咪则坐在他的另一侧。她看上去脸色发青。

“我想我又怀孕了，”埃尔莎对汤米说，半吼着想压过呼啸的风声和奔涌的海浪声。

汤米说了句什么，但各种声响太杂乱了，埃尔莎没听清楚他说的话。咪咪低下头，仍旧紧紧抓住前面座椅的木质靠背。

“我觉得恶心极了，”她呻吟道。

“有本事你别晕船，”埃尔莎压着嗓子说道。

6

埃尔莎给南浓写信的时候，这一切一点都没提。埃尔莎告诉她预产期，还发了一张所需物品的单子。

我期待着这好事儿！南浓回信说，还划了两道横线来强调。**我要一个星期一个星期划着过呢。汤米一定兴奋坏了。**

埃尔莎以前从未见过汤米像现在这样，冷淡，一副宿醉不醒的样子。第一次在纽基见到他，他正好外派结束在家休假。他坐在餐桌边，敞着衣领，吃着他最爱吃的食物，都是他母亲萨拉特意做的：炖汤、自家烤的面包、蜜李酒。埃尔莎穿过连着院子和厨房的低低的门梁走了进去，萨拉站在他边上，两臂抱在胸前，正看着他吃。萨拉迎过来，接过她的外套和篮子，招呼她在桌旁坐下。这时，他抬起头，汤勺停在碗和嘴之间的半空中，盯着她看。她坐下的时候，长凳嘎吱响了一下——后来汤米拿这事开玩笑，她那体重，就一把骨头，长凳怎么还会抗议？——她从桌旁站起来的时候，喝了炖汤的肚子还暖暖的，知道他要带她去农场走走，虽说他在海上的时候，她已经为了收鸡蛋去过那里好多次了。他们一起去挤奶棚看奶牛，他告诉她自己在中国沿海的工作：抓海盗、没收禁运品再运到岸上。她听着。奶牛的尾巴拍打着松软的臀部，坐在凳子上的男孩挤捏着奶牛的乳房，一注牛奶喷入他脚边的木桶，她移开了眼睛。汤米对男孩说“再见”。男孩一边继续盯着暖暖的牛奶流注着，一边对着埃尔莎稍稍抬了抬帽檐。

在威戈教堂通往纽基的路口，汤米和她道别，刀锋般凛冽的寒风把他吹得两颊通红。

在香港，所有男人都脸色苍白、慵怠无力。不上班的早上，在午饭之前，汤米看上去也是面容憔悴、没精打采的样子；他穿着睡袍坐在公寓里看报纸，再吃第二顿早餐。这就是她的选择，埃尔莎想。她看着宾利车缓缓地下山，关上了他身后的门。她和汤米在兰尼纳教堂结婚的那天早上，南浓也是这么对她说的。教堂在海岬的边上。他们走到阳光下拍照的时候，水几乎溅上了脚踝。南浓一直站在埃尔莎的背后，给她整头发。她说，结婚的时候，你不仅选择了一个男人，还选择了一种生活。她说这话的时候，埃尔莎有点恼怒，她不喜欢南浓摆出个理智的大姐姐的架势。南浓对婚姻知道什么？ 她快三十了都还没订婚。那天很冷，他们回纽基参加在彭威戈饭店举行的婚宴的路上，第一批盛开的报春花从高高的树篱上探出来朝她眨了眨黄色的眼睛。不过，或许南浓说得对。她想起了萨拉，在浦尔巴赫那天，萨拉站在桌边，看着她和汤米聊天吃东西。看着他俩在一起，她一脸的满足。

埃尔莎想念南浓。她想有人可以和她说说话，告诉她这次孩子会好好的。她用干净的手帕擦了擦眼睛，接着把它放到了洗衣房让蓝去洗。她回到阳台上，坐在她往常的位置上，看着太阳从天空的一端移到另一端，数着日子。

第二章

林：1941年，香港

1

我到香港时，天刚亮。我站在甲板上，看着太阳像蚕蛹破茧，在港湾上方迸裂，跃出，亮光溅向四方。

我和其他的姑娘一起被带到港口的办公室。人们纷纷过来将她们领走了，但却没人来领我。办公桌后坐着两个男人，一个穿着黑色制服，袖口是金色的织锦，另一个穿着亚麻西服。穿着制服的男人摘下白色盖帽，放在笔记本旁边。他每用英语问我一个问题，穿亚麻西服的男人马上翻成粤语，快得一个声音遮掩了另一个声音，我根本弄不清楚到底说了些什么。三妹，你要是和我一起在那儿，我可能会在心里发笑，但你那么远，我紧张极了。

我是有足够的时间准备问题的答案的。我和其他的姑娘坐在一起，一路聊着天看着丘陵田野在身边滑过，到了三江口。谁也不知道接下来会怎么样，我们一直都默不作声，到了维多利亚港。

我看那两个男人看了我的那张纸，告诉他们我有个保证人来接我的，但他们不相信我。

“她在哪儿？”他们问。

这个问题我没法回答。蓝说她会在这儿。

“可能她的活还没干完，”我说。

桌子后穿着制服的那个男人听了大笑起来，举起了笔，笔尖上的墨水也被甩了下来。这笑不是很善意。

“他说什么？”我问那个穿着西服的华人。

他说：“她干的是什么活？得在街上一直走到天亮？”

“她是有钱人家的女佣。这户人家需要一个阿妈照看婴儿，所以她就让我来了。”

他们把我放在走廊里的一条长凳上。我坐着等，看着对面软木板上钉着的纸片随着大门口人们的进进出出拍动着，一股热气往楼梯井飘去。门一开，我就能听到外面港口的各种声响——板条箱从踏板上被拉下来，男人大声嚷着指令，机器的起动运作，还有笨重的绳索被抛到了码头上。门关上时，我又能静静地沉浸在自己的思绪里。陪伴我的只是四周空气中弥漫着的单调的呼呼声。不再是蜻蜓翻飞的声音，不再是妈妈一早醒来往田间走去哼着的歌谣，而是从天花板悬下来的吊扇有节律的转动声。

他们又把我叫进了办公室。

“我们得另外安排一下，”他们这么说着时，蓝走进了办公室。她看起来像是匆忙赶到了这儿。

“妹妹，”她叫道。

她脸上闪着亮晶晶的汗水，辫子也松开了。她穿着一件侧开衩的红色旗袍，抹着口红。这下她是香港姑娘了，就成了这个模样了。可能我很快也会成这个样子。那个英国男人朝我瞟了一眼，仿佛他也这么想。

“你的姐姐，”他通过翻译说道。大姐，我想加上一句。

我们走上了街，只有一次蓝把我拉到她身旁。她的脸看起来还是和原来一样，笑起来的时候，嘴角一侧有个小酒窝，但眼神却不再一样了，不再那么明亮调皮。

“今天我休假，”她说。“我先带你去会馆，然后我得出去。”

“去哪儿？”我问道，但她把油亮的嘴唇抿在一起，没有回答。

我跟在她身后。她没有提出要帮我提一个包，我走在后面，两个胳膊都死沉死沉的。男人拉着黄包车小跑着，女人站在露天摊位前对着浅水盆里窜来窜去的鱼指指点点。气温渐渐升高，周围都是人，身上冒着热气。他们的硬底鞋敲击着人行道，啪嗒啪嗒地响。要是他们的心脏也正好合着这一节律，我一点都不会奇怪。我看到男人经过我俩时，都瞅上蓝两眼。她一点都不躲闪，直视前方，而这让他们更想再看上一眼。

“跟上了，”她对我说。

我想问她还要走多久，但不敢问出声来。我的口音会让这些陌生人知道我是个外乡人，而且连我自己的声音都会让我想起家来。

“到了，”她宣告道，转过身来，接过我手中的一个袋子。

她朝一家水果店和一家洗衣房之间的一扇门挥了挥手。那扇门用一辆自行车支开着。门框上的漆斑斑驳驳，门槛外侧的门垫已经踩出了破洞。

“到家了，”她说，第一次笑了。“进来吧。”

我跟着她，紧紧握着行李袋上的提手。从洒满晨光的街道上走来，来到里面觉得很暗。四周都是墙壁，没有窗子，连空气也在里面困了太久。我眨了几下眼睛，挤掉眼睛里的灰尘和眼泪，伸出手握住栏杆，拖着自己上了楼梯，不让自己有时间去考虑回头。

楼上，有一扇长窗对着街路。墙上是一排排架子，上面搁满了像我这样的行李包，里面装着衣物。低低的天花板上挂着敞口的竹篮子。还有各种形状各种大小的窄而矮的柜子，上面放着热水瓶和一些瓶瓶罐罐。门旁有一面镶着木框的镜子，周边有四面小镜子。远侧靠墙的是并排排列的五张床，床与床之间用劣质的木条隔开，就是爸爸卖给别人用来烧火的那种。木条与木条之间留着空隙，这样每张床都有一些从窗口射进来的亮光，床的一侧和床脚也留有一点小小的空间。窗边有一张空床。

“这是你的，”蓝说，把我的包放在空无一物的地板上。我在床上坐了下来，往对面的楼房看过去，一个女孩坐在一张和我一样的靠窗床铺上，窗子开着。她也朝我看过来。我深深地吸了一口从街上传来的鱼翅汤的气味，想起了我从小睡到大的那张床。我们都睡在一张床上，冬天的时候，紧紧地裹着厚重的被褥。到了夏天，每个人的汗水都顺着脊背流下来，熟悉得分不出是谁的汗。

蓝朝自己的床走去，放下手提包。她的床最靠门，离街路和气味隔了一段距离。她走到镜子前，梳头发打辫子。

“我来吧，”我说。

她又微微笑了笑，但她看起来像是想起了别的什么。

“我们什么时候见工去？”我问道，一边把她的头发仔细地编起来，辫子齐齐整整，不紧不松。

“今天不去。”

她侧过身去，拍了拍我替她往后梳齐了的头发，确定光光滑滑没有碎发。“今天我休假，跟你说过了。明天早上，你和我一起去，先帮我干活。等到埃尔莎夫人醒了准备见你。现在，你先休息。我得出去一会儿。等我回来时，我会给你带点吃的东西的。”

我没有再问她准备上哪儿去。我靠坐在床上，朝下往街路上看。

透过热面摊子腾腾升起的热蒸汽，看着路上的人头攒动着，看着只能望到一角的远方海港。海水要是能看得到的话，在阳光下一闪一闪的一定非常好看。不过这会儿海面上挤满了舢板和拖船，纷纷直直地朝对方冲过去，想看看谁能先挤过去，直到有一艘班轮拱着鼻子驶了进来，迫使它们后退避让。

三妹，我想到了你，想到了我许诺会写给你的信。我从钱包里拿出几分钱，下楼来到街上。我很怕，想着到时候怎么找回去呢。我指望着不需要走太远。幸好那天一定是我的好运日。才走了两个街区，我就看到了他，代为写信的人。他的摊位设在人行道上，身后的两根竹棒之间张着一块帆布，写坏的纸在他身后堆了起来。他的膝盖上架着一张小桌子。我还没看到他，他已经看到我了。等我注意到他的视线，他已经伸出手来，招呼我在他面前的空凳子上坐下来。

我坐了下来，却什么话也说不出来了。我不知道该说什么，从哪儿开始。

“你老家在哪儿？”他和气地问我，伸手去拿笔。桌上有两个筒，一个筒放着毛笔，另一个筒放着钢笔。他的椅子下面有一个盘子，上面堆着一卷卷的纸。他从最小的一筒里抽出一张纸来。对此他必定熟悉不过了。一个刚刚从珠江三角洲船上下来的姑娘，身上还带着父母家小农田种的桑葚的气息。他知道该写些什么。就几句话，让家里人知道我到了。毕竟你也还得付钱让人读给你听。

“在广东和东莞之间，”我轻声说。我尽了力，但话还是在嗓子眼里哽了一下。不知怎么，单单说上老家的名字就带出了我的故事，一泻而出，犹如滚滚流向南海的洪流。我发现一旦开始讲了，继续下去就简单多了。虽然我只给了他一点点钱，信人不停地写着，直到我看到他的指节肿胀起来，成了黄色的圆球，像是没剥皮的荔枝。他的笔握不住了，落到了地上。

我从人行道上把笔捡了起来，放到桌子上。

“不好意思，”我说着站了起来。“只是我想说的话太多了。”

“是的，”他说，把信放进了信封。“一次只要一分钱。请一定下次再来。”他眯眯笑着把信交给了我。

我没有告诉他我甚至都不确定下次还能不能找到他的摊位。对我来说，街道的名称、商店的招牌都是毫无意思的涂鸦，就像我刚刚付钱让他写的信。但离开时，我有点难过。他拿走了我身体里的一部分，把它搁到了纸上，一直一直地存放着，如果我能读懂的话，我想着是不是会替自己留下这封信。

2

我知道的还不算很多，不过，我的新女主人用的英语单词像是开始扎了根，继而开花，展开成整个的句子，都是有关玛里的午睡、带她出去散步，还有她该穿什么样的衣服。

玛里醒来时，刚刚换过尿布，她喜欢在我的臂膀里躺上五分钟慢慢清醒过来，伸着手四下探一探，像个盲人似的，手指在我的面颊上、唇上摸过一遍。我假装弹她的手指，在墙上玩手指的投影给她看。她第一次笑了，对自己居然能够表达喜悦感到欣喜万分。她让我想起了你，三妹，总是对人那么平和信赖。抱着她让我想起了自己七岁的时候，坐在门槛上，一边等着爸爸妈妈从田间回来，一边抱着裹在奶奶好多年前给大姐做的披巾里的你轻轻地摇啊摇——那个冬季之前的夏天非常糟糕，只有我们的父母能够记得了。提起那个夏天，妈妈总是会哭起来，虽然她不会在你面前哭。

吃过午饭，埃尔莎夫人会在客厅里喊，“阿林。你准备带玛里出门了吗？”

“什么？”我说。她说得太快了。有时候很难跟得上她在说什么。很遗憾琼斯船长几乎都不在家。他在海关工作，所以会说我们的话。他告诉我说，这是从他追捕的海盗那儿学的，不过我觉得这不能当真。他有趣极了，连晚饭迟了或是蓝心不在焉地掸尘时把摆饰给打碎了，也总是笑呵呵地开玩笑。“不过是从湾仔街市买的破烂玩意儿而已，”他会这么说，拍拍埃尔莎夫人的手臂，让她也笑了起来。

“该让玛里出门走走了，林，”她会又提醒道，走进婴儿房，摸摸玛里的头顶。

玛里的生活就像一分为四的橘子，割成四大块：吃、洗、换和睡。照看她是件简单的活。到了该做下一件事的时候，我们之间的空气似乎也在变化。她在婴儿床里转动着脑袋，朝着我咯咯地笑着，或是挥舞着手臂，像是试图不需要帮助，自己站起来。很快，她变得强壮起来了。我喂她时，她会伸出一只手，有节奏地敲击着奶瓶，像是想要自己来。她的眼睛一动不动地盯着我。

虽然今天的开始并没有什么两样，但作息却和平日有些不同。小路扭扭曲曲地延伸下山，映射着太平山顶，就像是我休假的日子里在湾仔街市看到的盆景。公寓、船长和埃尔莎夫人看起来都遥远极了。而玛里刚从遮了光的房间里醒过来，正奇怪我到哪儿去了呢，我敢肯定，她一定会哭着要我的。而没有我迎上去，因为我总是按规矩在休假的日子回到会馆去。

我紧紧抓住婴儿推车弧形的钢制把手，将自己的重量往后拉，免得车子太快滚下山。我很开心，因为带玛里出门散上一两个小时的步，对我来说，和放假一样好——不对，比放假更好，因为我远离了公寓还有一件接一件没完没了的活，但又有玛里和我在一起。下午两三点钟光景，空气像是热得在发抖。我将遮阳罩调整了一下，挡住了玛里的脸，一只手一直紧紧地抓住推车。树下的蚊蚋成团成团地悬浮着,黑橙纹的蝴蝶在树间穿梭着。我在最后一个拐角转了弯，沿着一条后街走向植物园。

起先让我上那儿去的是蓝。

“凡是老家来的姑娘都上那儿去，”她说。

“听起来不错呀。”

“要是没什么其他要做的事，你就上那儿去走走。”

除了两星期一次的假，蓝似乎没有什么其他喜欢的事了。她连着干上十三天的活，就为了放一天假。再接下来的两个星期开始时，她低着头，两眼恍惚。要笑一笑都是件难事，连对埃尔莎夫人也笑不起来，对我她都说不上两句话。她从来不告诉她做了什么，去了哪儿。她只是把东西留在会馆，在半明半暗的曙色中抛下我走了。直到第二天的一大早她才回来，叫醒我，开始一起上山赶上五点钟的活。我自己瞌睡矇眬的，总是忘了问蓝她的休假日过得怎么样。

等到了公寓，就得换上干净的白衫黑裤，笔直地站好，等候埃尔莎夫人过来检视我们，给我们这一天的指令。到那时，再问她就太迟了，而这一天要干的活也开始赶着我们，没有一点喘息的机会。

不过到了下午，当我推着婴儿车下山的时候，我不会觉得那么喘不过气来。植物园里到处都是人们的笑声。最大的几棵树底下的草地上总是被和我一样穿着白衫黑裤的姑娘们占据了，成排的婴儿车停放在树荫下避开日晒保持凉爽。浅浅的水塘里睡莲懒洋洋地铺展着，水塘前的草地上爬着小小的花骨朵般的婴儿——有几处成堆地聚着，有几处单个儿地爬了开去。

“哎，林，”旁边的姑娘跟我打招呼。她的辫子在后脑勺上盘成一个髻。她笑起来时，颧骨高高地耸了起来。

我们把婴儿从推车里抱了出来，相互传递着，出于礼貌地彼此赞赏着。

“西莉亚又出了颗牙齿！”其中一个姑娘说，抱起一个金色头发的胖墩墩的女娃娃。

“我女儿有三颗了呢——瞧！”另一个说。她是从三水来的。难怪她总是非得比别人好不可，妈妈会这么说。“我女儿”——我们都是这么叫自己照看的娃娃的。虽然他们并不是我们的孩子，但都理解这么说是什么意思。

“我女儿还小呢，还没长出牙来，”我说着，把玛里抱了起来让大家看。我知道，玛里还没什么可炫耀的——没有牙齿，没有扭着屁股爬的滑稽样儿，也没有说出第一个词来，粤语英语都没有，这都没什么大不了的。我女儿有着最漂亮的眼睛，最甜美的气质。她从来都不哇哇大哭。

我们把娃娃放回了婴儿车，开始三三两两地离开公园。我回头看时，植物园里已经没人了，只有一个疲倦的劳工取代了我们的位置，坐在遮阴的长凳上。他的头剃光了，除了一条短裤什么都没穿。他的脊背上，看得见汗水混合着腌鱼的盐结出的晶体。他在吃饭，一只手把碗举了起来，头微微往后仰着，为了把每一粒饭都扒拉到嘴里。

我在大门口等着王，担心自己回来晚了，刚才忘记问那些姑娘是不是已经到四点了。我知道埃尔莎夫人这时候要准备出门赴宴，需要帮个手。我没有让玛里再坐回推车，就把她绑在我的后背上，一路背着她穿过植物园。我们等着王的时候，我给她轻声哼着歌。她对着我的耳朵咯咯笑着，然后就睡着了，她的呼吸越来越慢，越来越沉，头趴在了我的背上。

王的车子停下来的时候，我正要把她从背带里解下来，放回推车。他靠着阶沿停了下来，不消多说就准备把推车直接放入后车厢。埃尔莎夫人坐在后排座上。我松开绑带时，她朝我俯身过来，伸出手来准备接过玛里。我靠坐到皮座上。

“我没有来晚吧，琼斯太太？”我问道。

"没有，一点都没晚，阿林。"她紧紧地把玛里抱在腿上。她没有像平时那样微笑。"反正我现在也不出去了。"

"可怜见的。汤米先生也可怜。"我真想自己的英语再好一点。费力去找合适的词的感觉，我一点不喜欢。

"噢,汤米先生还是要出门的,"她说。"只是我待在家里不出去了。"

坐在这么高级的车子里，我本应该高兴的，但座椅滑溜溜的，阿王开车也太快了。我也不喜欢埃尔莎夫人脸上悲伤的表情，让我都不知道接下来该怎么办了。

我们正要拐入到楼房所在的死巷时，我看到了蓝，她和一个男人走在一起。白人，穿着士兵服。脸上的笑容让她看起来又像是个小姑娘了，我瞟了一眼埃尔莎夫人，她正端详着玛里，抚摸着她额前的一簇头发。

我从镜子里能看到王的眼睛。他看起来生气极了。他在车库停车时，把门关得砰砰响。

"她这是在玩火，"他坐在厨房里，喝着茶对我说。"要是他们看到她和他在一起，我们就都完了。他们会觉得我们都不可信赖。"

我们回去后，我没有什么要做的事。埃尔莎夫人说，睡觉之前，她都会照看玛里的。她走进客厅，关上了门。我在走道里啪嗒啪嗒地走动着，像是一块被丢弃的麻将牌。

我走进厨房，蓝正在洗碗，我走过去站在她身旁。她告诉我那男人的名字叫雷恩。他喝墨西哥啤酒，还有很多钱。他属于加拿大部队。埃尔莎和船长一天到晚都在找乐子，是吧？蓝对我说，为什么我们不能也找点呢？我没有勇气来反驳她。

她心不在焉地洗着盘子，两眼盯着窗外，梦想着坐着汽轮，经过漫长的航行去往加拿大。在那儿，有一座可以称为她自己的房子，还有远远摆脱了眼前这一切的生活。

3

空袭警报只是操练而已。演习，船长是这么叫的。我喜欢他说这话的声调，柔和亲切，让人放心。我们该一切如常，不受干扰。

报刊摊的报纸上印着城里新搭的防空洞的照片，旁边配着大字的标题。看起来像是在街头上演一出戏：穿着制服的卫兵站成一排，而湾仔街市成群的顾客张着嘴看着。低矮的水泥防空洞上方，用油漆刷上了“五百人”。防空洞两侧贴着足有人那么高的广告，汽水、花色蛋糕的什么都有。那一刻街上的人数一定至少有五百人。有个小贩就在人群前卖起了东西。她背对着防空洞，叫卖着篮子里的东西。

我想把报纸买下来，下次见到信人的时候可以给他看，这样他可以把配有图片的那则报道读给我听。但我刚刚把这个月剩下的薪酬都寄回家了，我倾囊而出，因为妈妈咳嗽了要治病。

我晕乎乎地四下走着。玛里刚刚开始出牙，整晚上我都睡不了。她按平时的作息躺下，但过了一个小时左右，她就会突然之间尖声哭起来。那声音就像空袭警报直穿我的梦境，立即把我给叫醒了。起初我不知道该怎么办，不知道哪儿出了问题。她也不肯让我抱她，我只好手足无措地站在她的小床前，看着她哭。等到我明白过来是什么事，就往她的牙床上抹上一点罂粟糖浆，缓一缓出牙痛。我摸得到乳牙就要钻出来了，硬邦邦地顶着我的手指。我给她洗了洗身子，换上了干净的尿布。然后我们就会在窗边喂奶的椅子上坐一会儿，看着低悬的月牙下，炮艇朝海湾驶近。我再在茶匙头上滴上几滴防胀气水，让她吞了下去。等她安静下来后，再把她放回婴儿床上去睡觉。现在她已经九个月大了，牙齿一个接一个地长出来了。玛里闹腾了一个星期后，等看到牙尖像是小小的白色鱼鳍，从猩红的牙床里钻出来，我总会大大地松上一口气。过些天，出下一颗牙时，又是连着几个晚上被闹醒。我也习惯了。每次想都不用想，就会爬起来，把该做的步骤按顺序做上一遍。做完我就躺下睡着，等两个小时后，再做上一遍。早上我们睡得很迟，醒来时，眼睛又干又痒：好像我和玛里一整夜都在跋涉，就我们俩一起走过长长的梦境，那儿熙熙攘攘的尽是模模糊糊的灰色影子，默不作声地从我们身边走过。我觉得她也感觉到了。她朝我靠过来，抓着我的发梢。“嗒——哒，嗒——哒，嗒——哒，”她一遍一遍地说着。“嘘——！”我对她说，咯咯笑了起来，因为埃尔莎夫人和船长之间有个玩笑，他们觉得玛里眼下打定主意只学说一个词，这个词听起来有点像“爹地”。

休假的日子，我不再回到会馆呆呆望着窗外。我开始在太平山、中环和上环走走，深深地吸入凉爽的空气。空气并不总是很干净，尤其是沿着海堤，走过渡轮站和货运码头时的那一段，但在度过了玛里婴儿房里的长夜后，还是觉得清新舒畅。我告诉自己不需要有人做伴，但我去见信人的次数越来越多了，只是为了和他说说话，他似乎也明白我并不需要他接我的话。我开始在他的摊上停留越来越长的时间。我喜欢看他脸上坦诚真实的表情，还有笔尖擦着信纸让人心神安宁的沙沙声。信写好了，折起来放入信封，他会取下眼镜，用拇指和食指揉揉鼻子两侧的眼角，然后十指交叉放在腿上往椅背上一靠。

然而，今天他的手还搁在桌上，他的手指没有碰到我的，不过他看着我时，我心想，要是他的手碰到我的手，会是什么样的感觉？蓝和雷恩在一起时，是不是就是那种感觉？

他指了指他的其中一块招牌，招牌同日历和画了图案的字挂在一起。

“你看到上面写的吗？”

我点点头，虽然我们俩都明白我根本不知道写了什么。

“择吉日，”他说。“你第一次来的那天，我本来不打算开工的。但我忽然感觉到这是特殊的日子，即使累得很，我也必须开工。于是我就来了，和往日一样摆好了摊位。我挂好了招牌，就像你现在看到的那样，铺开了桌子，放好凳子，拿出四块小砖头垫在桌子脚下，这样写字的时候桌子就不会摇晃了。平时怎么做，那天我也怎么做。但有什么事发生了。你来了。我意识到我真的选中了我的吉日，林。”

但我不知道该说什么。我看着他平静的脸，一只眼睑比另外一只低了一些，我想要他一直这样从不再摇晃的桌子的另一头看着我，直到现在我仍旧能够感觉得到，那种内心深处的舒展。但我想到了我来到香港的那个春日。没错，我离开广东来香港是为了替你赚点钱，但也是为了看看别的，不全是没完没了的一垄垄的田畦，不知疲倦总是在蠕动着的蚕宝宝，可比小娃娃还要难伺候。每个月，我的钱安全上路朝你而去的时候，我就想要离开，除了自己谁也不用想。我想要在植物园和朋友坐在一起，背后是喷泉嗞嗞地喷着水花。我想要去看看像埃尔莎夫人这样的女人穿的漂亮衣服，想要照看一个像玛里一样的娃娃。她什么都已经长好了，我需要给她的只是母爱。在我离开广东之前，除了父亲我从来没考虑过男人，而我离开时，我很高兴连他也不需要考虑了。

“我来教你怎么写你的名字好吗，林？”信人说。“然后，”他轻声说，把指尖轻轻地轻轻地放在我的指甲上，“我可以教你怎么写我的名字。”

我起身时，凳子擦着街沿，嘎吱响了一下。我快步朝原路走回去了，回到了会馆。我没有回头。我不想看到他困惑的脸。

街道比往日安静。店门关了，通常大开的楼房的门上了保险的门栓。街道两侧的楼房之间拉着晾衣的绳子，衣服在微风中翻飞着，像一只只折纸做的鸟。回到会馆，我的脚步踩在木楼梯上，发出空洞的回声，楼里像是没有其他人了。等我回到房间时，我注意到其他的女孩已经卷了铺盖离开了。我坐在我的隔间里，看着我这辈子所有的东西：三袋子的衣物，埃尔莎夫人给我的一瓶薰衣草水。我费力地想着，要是我现在想要回家，该去哪儿呢——是珠江三角洲，是上环，还是太平山？每一个地方都有我的一部分，洒落在那儿，扎了根。要是割断了那像甘薯叶一般钻出来又铺延开来的茎茎蔓蔓，把它们拢成一堆，这全然会是另一个人。不管那个人是谁，但肯定不是我。

4

空炸开始时，我正在屋顶露台上晾晒刚洗好的衣物。床单虽然已经紧紧绞了又绞，还是浸透了水，重得很，挂上去时很难不让另一头拖到沾满灰尘的地砖上。清晨维多利亚港上方的天空雾蒙蒙的，对岸九龙沿着码头整排整排的玻璃窗在冉冉升起的太阳下闪烁着。山脚下是赛马场，草坪割得短短的，看上去像是一片碧绿的湖。虽然有点冷，上来时我也忘了穿件外套，而且晾湿床单一向都不是件容易的事，但我还是觉得心情愉快。我喜欢独自一人在露台上的安静时光，可以想一想接下来的这一天怎么过，玛里该穿什么衣服，我们什么时候去公园，也想一想蓝和我一起买的准备做晚饭吃的面条和鲜果。

我最先听到的是从山的另一侧传来的飞机的嗡鸣声。我转过身去看，但我两手都是湿漉漉的床单，没法用手挡住太阳，只好眯起眼睛来看。六架像是吸足了血的蚊子般的飞机从太平山顶飞过，低得我能看到机身上那个火红火红的圆圈。飞机飞过楼房的时候，底舱开始打开。等到飞机开始投出炸弹时，它们一定已经飞到半山腰了。第一颗炸弹落在高超道上的墓地里，地面像一朵花似的绽了开来，石块、烛台、碎木片和线香像雨点一般撒向四方。

过后又是一阵巨响，再一声巨响，越来越多的烟雾和碎片穿过把我们和城市隔离的树林子飘了上来。我从屋顶的楼梯跑了下去，一路跑进客厅，晾衣夹在我身边纷纷落下，掉到油地毡上四分五裂，我怀里还抱着一堆湿床单。

客厅里没人。船长一大早就去海关大厦了。这是圣诞节的早上，他得赶在庆祝活动开始前处理一些紧急事务，他是这么说的。

响起了更多的乒乒乓乓的响声——这下不是从外面传来的，而是楼房里面的，继而是门被撞开时猛力扭转迸裂的声音。先是在底楼，而后是二楼，最后是隔壁的公寓。

我跑到埃尔莎夫人的梳妆间，她正坐在镜子前梳头发。她还穿着晨衣，外面罩着一件家居服，腰间用一条雅致的腰带系着。她还没化妆，脸看上去年轻秀丽。

“藏起来！”她直截干脆地说道。“把玛里藏起来。”她的声音里透着恐惧，但是没有迟疑。

我来到婴儿房，把玛里从小床里抱了起来。我没有像平素一样逗弄她，直接把她抱进了洗衣房。我们公寓门的铜锁非常牢固，等到门被撞开时，我已经蹲在洗衣筐里，怀里抱着玛里。我把盖子滑上，遮住了我们的脑袋。玛里可千万不要因为突然从小床上被抱了起来而哭叫起来。我听到公寓的后门被推开了，想着一定是蓝和王决定从后面的出口到车库，躲到宾利车宽大的后车厢里去。

洗衣筐是用柳条做的，四周都是细细的柳条。我坐了下来等着。公寓里已经有人进来了。粗鲁的吼声，笨重的靴子在走道上的响声，我不知道有几双靴子，可能四双或是五双。我听到门被一扇扇地踢开：先是船长和埃尔莎夫人的卧室；蓝的小房间；我的小房间；王的小房间；洗衣房。

一条绿色的卡其裤走了进来，停在洗衣筐的旁边。我闻得到臭汗的气味，男人的臭汗，混合着长久没有清洗的体味。我稍一呼吸，暗乎乎的洗衣筐里面仿佛急遽地振动起来，在我四周摇动着，仿佛喷薄欲出的火山。我想到了他们可能会做的最坏最坏的事。想到了别人说起的事，日本兵喜欢把敌人的婴儿抛到空中，看着他们落在举起的刺刀上。只是为了娱乐，胜者的娱乐。

那条绿色的裤子离我很近了，我甚至看得见卡其布凹凸的形状。裤子随着他走向房中央的每一步，有些地方鼓起来有些地方陷下去，交替变换着。他的视线一定被晾在滑轮晒衣架上的毛巾挡住了。我听到他拨开毛巾时嘴里发出不耐烦的啧啧声。

睡梦中，玛里伸开了她的一个小拳头。她的手指一根接着一根地伸直了，拽住了我的辫子，把它当马尾巴一样拉起来，她的眼睛还是闭着的。我紧紧咬住舌头，不让自己痛得叫出来。

那个士兵已经转身，一路拨开毛巾，离开了洗衣房。

他们又一脚踢开了厨房的门。我听到玻璃杯碎裂的声音，盘子被砸到了地上。玛里在睡梦中朝我转了个身。我颤抖的手指摸了摸她的脸蛋。她深深地吸了一口气，又回到了沉睡中。

这下他们是在客厅里走动，踩在厚实的地毯上的脚步声不是那么响。他们在安乐椅上坐下来时，弹簧咯吱咯吱地响着。玻璃杯叮咚咚地发出清脆的响声。我从洗衣筐的空隙往外看着空荡荡的走道。走道还是老样子。船长和埃尔莎夫人的镶框照片挂在墙上，人们穿着冬衣站在波涛汹涌的海滩旁，对着镜头微笑着。门厅的桌子上放着一个黑瓷水罐，镶着金漆的花，旁边是一座华丽的座钟。

我闭上了眼睛，希望用意念让这一天变成平常的日子，一切按照我事先的计划进行：洗衣晾衣，带玛里去公园走走，享受准备晚饭前而她还在午睡时的那一段清闲时光——我什么都不要做，只需陪在她身边，任思绪四处游荡。埃尔莎夫人坐在梳妆间里，船长坐在阳台上，喝着晚餐前的红杜松子酒。我等着听到冰块撞击玻璃杯的叮当声，客厅的门打开又合上，他们接吻时的静寂，之后他给她端上一杯放了青柠片的苏打水。每天他下班回家时，她都这么来上一杯。

等到客厅门再次打开时，走出客厅的脚步声比先前更重更乱了。我不知道是不是威士忌让他们想起了自己到这儿是干什么来的，不能再浪费时间了。梳妆间的门被踢开了。嘎达一声。随即一记枪响。

埃尔莎夫人没有尖叫也没有嚷嚷。但有别的声响：橱柜的门被打开了，或是被踢开了。

玛里这时醒了，她的眼睛一眨不眨的，在黑暗中盯着我看。她没有发出一点点的响声。她的头顶闻起来有股甘蔗的甜香。

梳妆间的门哗地被推开了，它们又过来了，那些笨重的靴子。卡其布的裤子经过仍旧敞开着的洗衣房的门。中间夹着埃尔莎夫人光着脚在走。我看到她的睡袍下摆的蕾丝花边。他们经过门厅时，其中一个男人抬起手臂，随意地推了黑瓷水罐一把。我听到水罐落到地上时啪的一记粉碎声。

我们周边的公寓都遭受了同样的事。住户们被赶到一起，牲口似的赶出了公寓楼。士兵们一直都在大吼大叫，不是对着他们的俘虏就是对着自己的队友，要不就是对着两者同时在吼。我听到了外面发动机起动的声响，可能是辆大货车，也可能是辆大卡车。

其中有一个用英语大声嚷着："进去！快！"

有什么硬物撞到血肉骨骼啪的一声，男人的尖叫声。或许他挪得不够快。过后，他们可能都动得快多了，我没有再听到那种响声。门关上了，后挡板推了上去，插销落上了位。发动机又响了一阵，换了挡速，开始朝山下开去。其他的卡车也跟上了，轮胎磨碾着从墓地炸过来的碎片，一路嘎吱嘎吱地响着。

玛里又睡过去了。我继续从我们茧子般的藏身之地望着门厅里散落成拼图般的地面。油地毡上数千片的碎瓷，墙上挂着的照片。有一张照片是埃尔莎夫人和船长站在田间，他们的身旁是一对白发的夫妇。照片是黑白的，但还是看得出他们周围在风中起伏的是油菜花。盛放的花如此的饱满如此的成熟，在玻璃镜框后面模糊成了一片丝绒般的浓云。要是父亲，他肯定会为这么好的收成骄傲的。难怪白发的男人咧着嘴在笑，他的一只手搭在一辆拖拉机的机身上。埃尔莎夫人看上去比其他人都高，像是从画报里剪下来贴在照片上的。

我不再感到惧怕了。那些男人已经走了。

这么长时间在洗衣筐里和玛里蜷缩在一起，我的手臂和腿都发麻了。我一瘸一拐地径直走入埃尔莎夫人的梳妆间。她的衣物从柜子和衣橱里被拉了出来，不是扯得烂破，就是扔在地上，被脏靴子踩过。她紫红色的丝绸晚礼服被从当中割开。一件白色雪纺裙子的上身沾着泥巴。印花上装都从衣架上扯了下来，在房间里扔得四处都是，那些男人像是在寻找什么东西。

我走到梳妆台前。埃尔莎夫人的首饰匣子打开着。她不太戴珠宝首饰："你不能带着走，对吧？"这是她最喜欢说的话之一。蓝帮她准备好去参加半岛酒店的晚宴或是告士打道的鸡尾酒会时，她总是这么说。蓝说，她的意思是没必要把大笔钱花在死不带走的小东西上。但埃尔莎夫人对她的镶钻金表非常得意，还有她的订婚戒指，一方红宝石镶在她说是叫做威尔士金的戒圈上。映衬在黑丝绒的盒子里，戒圈的颜色看起来淡得像是银子。戒指不见了，盒子空了。

三妹，你还记得蓝和我寄给你看的照相馆拍的照片？那套让你羡慕得很的黑白制服？我们俩分别靠着中间的柱子站着，柱子上方摆着插满假花的花瓶，后面是作为背景的画帘，上面的羊角树树皮油亮，闪烁着月光，这些东西都让你惊叹极了。但最让你骄傲的还是我们戴的珠宝，对吧？我们戴着一模一样的戒指，手腕上都戴了一个镯子，我的在右手上，蓝的在左手上。好吧，告诉你这个秘密吧。那些珠宝可不是埃尔莎夫人和船长买来犒劳辛苦工作的我们的。那是拍照片师傅的助手给画上去的，姑娘们只消多花上几分钱。

埃尔莎夫人的一瓶面霜的盖子开着。我盖上了，免得苍蝇落在上头。

玛里开始哭了起来。该是她喝奶吃早饭的时候了。我抬头看着镜子。正中央有个硬币大小的洞，一定是子弹打穿的。从中心到边缘裂开的椭圆形的镜子里，我看到了一张迷茫的脸，碎得四分五裂：这儿一只眼睛，那儿一块颧骨。花了一会儿工夫我才认出这是我自己的脸。

轻轻的脚步声迟迟疑疑地从楼厅的楼梯走上来。蓝和王。我绕过成堆的衣服，站在门厅里等他们。玛里在嚎哭着。

墙上的钟还在摆动着。八点钟了。

5

空袭停止了，但九龙另一侧的山头上仍旧有黑色的浓烟低低地悬浮着。

王开车朝太平山下去，他压低着头，像是提防有狙击手的枪火。我和蓝坐在后座上。这一天的早上本可以和以往的任何一个早上一样，落地玻璃窗朝着阳台敞开着，餐桌上摆好了早餐，可是这下椅子推翻了，骨瓷的茶杯被撞出了茶碟，玻璃窗裂成了碎片。一切是如此的安静，简直比家乡的清晨还要安静。成片成片的稻田绵延开去，春雨浸透的地已经犁好了，等着插秧，抽穗，变成一片金黄。三妹，你虽然还小，但也知道什么时候是收获的季节。

“一会儿就到海关大厦了，”王说。“船长会知道该怎么办的。”

两辆军车转过街角，不顾车道地朝我们冲过来。前面站着的一个日本兵架起刺刀对准了王，示意他停车。王冒出了冷汗，顺着后脖子流了下来。但等他停下了车，军车已经开走了。

“我们还是下车吧，”他说。

我们一路走到了中环。别人也一样，都不敢对看一眼，只是匆匆忙忙地赶着路。

等我们到了海关大厦，门已经上了闩，门外的人行道上有两个只穿着衬衣的年轻人正在用大卷大卷的胶带横七竖八地把窗户封上。

“先生，人都到哪儿去了？他们都到哪儿去了？”王问道。

其中一个年轻人用牙齿咬断了胶带，答道：

“大楼关门了。”

另一个指了指路另一侧的汇丰银行大楼和一些大酒店。

酒店里，穿着高档大衣的人们四下坐着。有些人的身旁搁着行李箱。一个瘦高个子的侍应生正在吧台后准备酒水，他的领尖有些发黑。一个小男孩跪在地上拿条钢棒钩住一只推车上卸下的轮子，在大堂里来来回回地滚动着。我们走进去时，只有两三个人抬起了头。我以为自己能认出一些人来，但只认得船长的一位同事，弗农先生。

“太太，”我走到他太太身旁叫道。她的脸像是一个干净的浅盘子，毫无表情。她的膝盖上坐着一个学步的孩子，像一桶泥鳅似的在她腿上扭来扭去。埃尔莎夫人叫她丽兹——“我的好朋友，丽兹，”她和别人提起时都是这么介绍的，但她不认得我，也不认得玛里。我把玛里绑在了背上，她的脸紧贴着我的后颈。只露出些一簇簇深色的头发，像水稻田里的秧苗，看不出是谁家的孩子。

“您能告诉我琼斯船长在哪儿吗？”我问道。见她没有回应，我又问："我们在找汤米·琼斯船长。日本兵今早闯进公寓，带走了琼斯太太。"

她跳了起来大声尖叫，然后歇斯底里地哭了起来。

弗农先生站起身，大声吼道："天哪，她已经吓得够呛了，你难道没看见吗？"

大堂里的所有人都停下了说话，转头盯着我们。小男孩的轮子在地上滚动着，橡胶轮子闷闷的声响割开了瞬间的静寂。轮子撞上了总台打了蜡的柜台板，弹了回来，往回滚着。

"不要再胡闹了，行不行？"

我从来没听到弗农先生有过这么生气的时候。

男孩停了下来。

"好的，先生，"他轻声说。

他朝轮子停下来的柱子蹑手蹑脚地走过去，捡起轮子，又踮着脚尖走开了。

刚刚一直四下张望的王这时朝蓝和我招手，让我们跟他走：我们随着他走入直接通向告士打道的甬道，但是甬道里挤着数百个华人，我们根本走不过去。他们坐在地上，隔了老远快速说着嚷着，相互递着东西——毯子、饭碗、纸包的吃食。

王努力挤进了人群，和一位蓄着一丛白胡子的老人说了一会话。几分钟后，他走回我们等着的地方。

"皇龙道被炸了，"他说。"他们还在拖尸体呢。"

皇龙道在德辅道的一条支路上。我的信人就坐在那儿，一礼拜七天，等着往来行人惠顾一下他的生意。我过去找他的日子，没有哪一天他不在那儿。

等我们又一路挤着走回大堂，一个和弗农夫妇坐在一起的穿着西装外套的年轻人走上前来。他看上去像是办公室里的低级职员。

"琼斯船长在港口的售票处。他想去买船票坐下一班的船走，可我们听说所有的船都不准开了。"

"谢谢你，先生，"王说道。

我们走回汽车，但已经有人动过车子了。一个侧镜被拗断了，另一个侧镜被打穿了。挡风玻璃一片粉碎。空气中一股尿臊味。王打开驾驶座一侧的门，头伸进去马上又缩了回来，用手捂着鼻子和嘴。我探头看了一下窗内，乳白色的真皮座椅上留着黄棕色的秽物，苍蝇已经聚了过来。

你会觉得我们一定是吓得慌了神，是吧？沿着租庇利街走，却不是替埃尔莎夫人上市场买东西。事实上是我们不知道该往哪儿走，该做什么，所以我们只是沿着通常的路径穿过上环回到会馆。我知道蓝想取她的东西。她有一只雷恩给她的戒指，还有一只装钱的红信封。你看，他们真的是打算结婚了。雷恩决定要证明他的诚意。蓝走在我身后，一路抽泣着。

突然间，就像是打了一个响指，街上又挤满了人。一家水产店外面，一个男人拼命地想把一车子剥了皮的鱼推到里面，拉上金属卷闸门，但他四周拥满了顺手拿鱼的人。王奋力挤过去，想帮他的忙。我们想跟在他的后头，但被拥过来的人群挡住了。我四周密密麻麻的全是人。手臂、肘部、双手，推着搡着，能抓到什么就是什么——白色的鱼柳、鳄鱼尾、虾干，装得篮子篓筐都装不下才走。我听到身后蓝的声音，但我们四周都是拿足了东西离开的人群，我们被挟裹着几乎挤到了般咸道的街口。我感到有一只手抓住了我的手，蓝把我拉进了一个无人的门洞。四下的喧闹一点没有减退：人行道上杂乱的脚步，高声的叫嚷仿佛直冲着我的耳朵。一个提着棍子的粗壮男人和另一个举着斧子、个子稍微小一点的男人走上前来，要我们立刻交出钱包。他们不是日本鬼子，也不是兵痞。我认识其中一个：那个举着斧子的是会馆对面开香料店的。每次关店门前，他都会出来把浅底的香料锅抖干净了，再抬头看一会儿天。就是他，一点不错。我吓得手指发僵，哆哆嗦嗦地拿不出钱包，这时他们又吼了起来。那个卖香料的一把抓住我的前襟，扯了开来。我想到他们会看到我的肩头露出玛里的两只蓝眼睛，吓得只好一动不动地站着，虽然让他们看到撕破的前襟里的内衣，我感觉到从未有过的羞辱。

“靠到我身后。”

是王来了。那两个痞子转身没入了人群。我们又接着上了街。

我一手紧紧抓住前襟。空中响起一阵尖锐的啸叫声，随即山上不知哪儿炸了开来，又是一阵噼噼啪啪的子弹扫射声。王在我们前面推着别人的背和肩开道，被推的人骂骂咧咧地想挡回去，但我们还是挤出了人群。这条街安静多了，但我们很快明白了是怎么回事：街上全是尸体。有一个女人仰面躺着，一部分的肚子给炸飞了，露出来的肉像是熟透的番茄被割了开来再翻了个儿。我想掉开头不去看，却忍不住又想看。她的脸仍旧是完整的，完美的，只除了上唇上方有一颗巨大的黑痣。躺在她身旁的是个男孩,大概三四岁光景，他的手被她的手握着。他也已经死了。不知道为什么，那一刻我想到的是爸爸，而不是妈妈。小时候，握着我的手，指点我看东西、给我讲故事的总是妈妈。不是爸爸。他总是一脸疲倦、满腹牢骚的样子，总是唠叨我们干活不够卖力。我内心一阵酸楚，胸口被堵得难受。

等我们转身往山上走时，我看到信人朝我们走来，拎着他的皮箱子。

“魏先生！”我熟知他的姓氏，一如他熟知我的名字。

“阿林！”他叫道，但声音马上被空袭警报的响声吞没了。那声音响得像是从地底下钻出来冲向我们。他的头发、眼周的深纹上都落满了尘土，让他看起来有些苍老。我伸出手去，挽住了他的手臂。

我们经过了一家被遗弃的茶室。茶壶茶杯被击得粉碎，一筐子竹制的提手洒在人行道上。铁皮罐子被打瘪了，上面布满了枪洞。

王在他父母的店门外停了下来，大声叫着：“妈！爸！”

有人把雕花排窗拉开了一点点，冒出一颗脑袋。是他的妈妈。

“快点，进来，”她对我们说。

两个提着公文箱、体格魁伟的英国人站在对面街上的一扇门前。

“来，”她朝他们喊道。那两人穿过街跑过来。

我们一起下到窄小的地窖里。地窖闻起来一股潮湿寒冷的气味。谁也没有开口说话，我们并排坐了下来。蓝已经停住不哭了。其中一个英国人腿上有一张卷起来的报纸。他看到我盯着报纸看，就把报纸递了过来。

起先我以为自己眨眨眼睛，糊掉的大标题下那几个跑来跑去的身影会消失，但他们没有消失。照片里，一队男人骑在马上穿过中环。穿着制服的男人，唇上有一撮小胡子。另一队人跟在后面。有一个人单独走在队伍前面，戴着白色的手套，以胜利者的姿态把右手举过了头顶。

这些官兵都是日本人。照片中没有哪个人看起来不像是日本人。

我们静坐着，听着各自的呼吸声。魏从我的腿上取过报纸。

“上面说什么呢？”

他一边快速读着，一边翻译给我们听：

敌国公民需向玛利操兵场报到

日本军方向敌国公民发出命令，必须于1942年1月5日星期一早上九点在玛利操兵场报到。敌国公民必须提供护照。具体细节，届时再行发布。

“敌国公民是谁？”我说。

“是说我们？”蓝问其中一个英国人。

“不是，”那个给我们报纸的英国人说。“是说我们。”

6

玛里的尿布用完了，奶粉也吃完了，我们自己也没有干净的衣服可换了。蓝说，最好是我们一起回会馆去躲起来。王和魏可以天黑后出去找点东西吃。

等我们转过永乐街，就看到有路障挡了路，一个日本兵提着一把刺刀站在一边。看到我们走近时，他从肩上卸下一杆枪，两手举着瞄准了地面。

“怎么说？”他说。

“我们需要过去，”魏说。

“不可以。”

“为什么？”

“目前这儿关的是英国人。”

我们抬头看了看关闭的商店上方那几层窗户。人行道上不再有小商小贩，楼面之间挂着的晾衣绳上也不再有晒着的衣物。但有几张苍白的脸露在窗口处，透过窗玻璃上厚厚的灰尘和污垢看着外面的动静。

政府大楼、银行、酒店，哪儿都招摇着太阳旗。太阳旗挂在尚在开行的轮渡上，载着占领部队和驮着辎重的驴子从九龙过来。码头处，我们看到日本兵像平日里常见的码头工人，搬运着箱子，没有人去阻挡他们。每个街角，都能看到那圈印在白底上的红日升向天空。

王说，我们应该回到公寓去找点吃的喝的。要是那些囚禁的人过几天就会去玛利操兵场，我们的会馆很快就会被腾空。在英国人被赶到操兵场之前，我们应当躲在公寓里不要外出。蓝听着我们说话，又呜咽了起来。到那时候，雷恩给的戒指和钱早就不见了。

路障越设越多了。人们像蛾子卵一样聚集在周围。有个男人小心翼翼地向日本兵提问，日本兵非但没有回答他，反而往他脸上踢了一脚。人群迅速散开了。

我们加快步子回头往太平山顶方向走。见到的第一具尸体是一个英国兵，身体挂在车窗外。脸虽然倒着，但仍能看得出他淡色的眼睛中诧异的神色。他四周的空气恶浊不堪。

越往山顶走，玛里在我背上感觉越重。她已经醒了，正无趣得很，不断地用她黏糊糊的小拳头敲着我的肩头，扯着我的头发。我知道她饿了，但她每拉一下我的辫子，我都痛得想哭出来。

“我来背她吧，”魏说。

“没关系，”我说。“我们快到了。”

我们回转身，往海湾处看去。一艘游轮被鱼雷炸了，侧躺着。整座城市凡是炸弹炮火所到之处，麻子般地布满了坑坑洼洼。

通向公寓楼的砂石路上，留着发红的脚印，手榴弹炸过的墙上一大块一大块的像是被剜空了，甚至还有一条染着血迹的卡其布裙子。不过，公寓还是我们离开时的样子，没有变样。

安全进门后，王就用车库拿来的散木条把前门封了起来。蓝去厨房找罐头食物和奶粉，把玛里也抱了过去。

我走进埃尔莎夫人的梳妆间。从巨大的胡桃木衣柜上端拖下来三只箱子，一只替埃尔莎夫人准备，一只替船长准备，再一只替玛里准备。每个箱子底部，我都垫上一条质地上乘的羊毛毯子，虽然占了不少地方，接着我把运动服、外衣、西装、毛衣和便裤都卷了起来，分别装袋。我替玛里装了几件连体衣、一件精纺羊毛外套、一件钩针编织的毛衣，还有一顶遮阳帽。

关箱子时，我把魏叫了进来，让他坐在箱子上，这才关上。

“箱子会不会太重啊？”魏问道。

“船长想要把东西拿出来就拿出来，”我说。我努力不去想我们看到的那艘侧翻在港口的船——差不多都没在水中了，船身正中央被日军的鱼雷打了个洞。我努力不去想船长飞快地跑到卖票处，满心认为自己在做对的事，想着在战火烧得更厉害之前带上妻女乘船回国。我知道他一旦决定想做什么，便不会回头。他会一路走到港务长的办公室前，和别人一样排队，候到他的位子，想方设法，绝不放弃。

那天晚上有点冷，我们把通往阳台的门都关上了。虽说可以在客厅吃饭，我们还是进了暖和一点的厨房，围着桌子坐下。王说，连点一支蜡烛都会太危险，让别人知道我们在这儿实在毫无必要。黑暗在我们的四周一层一层地堆聚起来，我们聊啊聊啊。我坐在魏的对面，听着他说自己的阿姨。他母亲去世以后，她就收养了他。一个穷孩子在香港长大，那生活其实也不算太坏。

蓝开始告诉他我们的童年，田里的活，还有一些实实在在的关于生存的事。

他点着头，认认真真地听着，像是听着从来没有听到过的新鲜事。我感觉到他的眼光飘向我。自从我到香港后告诉他的所有故事中，有多少故事在每日匆匆忙忙的勉强度日中，已经被我遗忘。他侧脸上的表情告诉我他什么都没忘记。你，三妹，妈妈和爸爸如今在他的想象中，活生生地活着，甚至比真实的生活还要生动鲜明。我已经不记得你上次给我写信是什么时候了。妈妈还在咳嗽吗？你还留在乡下吗，三妹？还是已经在失败了那么多次后终于逃到了广州？你总是一意孤行，还没准备好就想走向外面的世界。看着爸爸一把拽住你的辫子把你拉回村子，我真是替你担心极了。可是，在广州的糕饼店工作，对一个年轻姑娘来说，也不算太危险的行业吧。或许，对你来说，最危险的地方是家里，总有父亲的手近在咫尺。

我们有没有过快乐的时光？我仍旧能看到小时候的自己，躺在树叶密密的龙眼树下，剥开熟透的龙眼的壳，蜜甜的果汁在唇齿间流开来，那一刻真是满足幸福。后来我就追随蓝，离开了。坐着船到香港的那一天，我感觉到自己一分为二，那时的我，现在的我。从那时起，真正的我陷在两边之间。魏是唯一能救助我的。他让我感觉到两边的沟通，让我又活了过来。

那天晚上，我们并排在埃尔莎夫人的床上躺下，床单还带着她的气息。是我把他拉向了我。我的手指触摸着他柔滑的从未见过阳光的后臀，他进到我身体里时，我紧紧捏着它们。

半夜，睡在婴儿房的玛里哭了起来，我起身去看她。等我回来时，魏已经俯躺着睡着了，一只手臂伸着，手张开着盖在我躺过的地方。我轻轻地把他的手挪开了，躺了下来，马上就睡着了。

7

这是个晴朗的早晨。操兵场四周的街道空空荡荡的，只有一个送货人，耸着肩弯着腿拖着一辆装满鱼筐的手拉车。通向操兵场入口的路上有一丛杜鹃花热烈地开着，花瓣像是时时都在合上再绽开，仿佛乞丐不甘心地接连伸出捧着的双手。

操兵场里从头到尾都是人。他们看起来像是一夜间被漂白了，毫无血色。每个人通身上下都显得仓促，女人的大衣不见了腰带，男人的衬衣没有扣好扣子。通常都是油光锃亮往后梳的头发遮在前额上，通常都是红艳艳的、说话时不时嘟起来的嘴唇褪成了主人脸上两道薄薄的、苍白的细线。

有些人带着包，有些人把毯子打成了包裹，笨拙地打了结，至少没有散开来。有些人双手空空，什么都没拿，这些人最让我看了难受。他们的双臂垂在身体两侧，两肩往前耷拉着，像是把整个身体都往下拉。有些男人的脸上带着淤青和伤口。

女人相互说着话，而男人都默然无语。数百个女人的声音冲向空中，尖利而急切，像是鸟市里装在笼子里的金丝鸟。弗农太太像是一只被拴在栖木上的鹦鹉，灰色的羽毛，红色的眼睛。她旁边是埃尔莎夫人。我不知道她是不是还穿着那件睡袍，因为她不知从哪儿找来一件外套套上了。所有的扣子都扣上了，袖子也卷了起来，那件外套套在她身上还是显得很大。她不断地回转身，朝身后的太平山顶方向看。我知道她在想什么。她在想玛里，情不自禁地想看到公寓的窗子，尽管隔了那么远，窗子小得看不到。在过去的几天里，这一定已经成了神经性的动作，因为她身旁的船长把手搁在她的肩上，试图制止她。

随后她抬起头看到了我。蓝、王、魏和我一起站在操兵场南边的小高地上。到这时场地上已经挤满了人，她差不多在二三十排之外，我仍旧能够清晰地辨认出她来。我看得到她脸色的痛楚。我想做个什么手势，让她明白玛里挺好的，正安然无恙地趴在我的背上。但日本兵拿着写字夹板和笔在人群中走来走去，记录着，然后走到前头，分成几个小组，低着头商量着什么。他们穿着松松垮垮的军装，及膝的长靴。有帽檐的帆布帽戴在他们的头上像是埃尔莎夫人的胡椒瓶。他们似乎挺高兴我们站在操兵场的边缘，看着被他们逮住的主人。可是，当我们旁边的一个男人迈出我们所在的范围，想把一只沉重的箱子拉到他站在场地边缘的主人身旁去的时候，日本兵立即出现了，开始拿刺刀的托柄猛打那个英国人的头，直到他倒在了地上。我看到埃尔莎夫人又看了过来，她一定是看到了我肩膀上露出来的玛里的头发，因为她的表情先是紧紧地皱了起来，然后又松了开来。

“我们怎么把他们的东西给他们呢？还有玛里？”我问魏。

他食指竖在唇上，开始推开我们身旁沉默的看客，挤了出去。他直接走到站在囚犯前头的日本兵那儿，开始很有自信地跟他谈了起来，像是预约好的会面。那天早上，魏在公寓里好好洗了个澡。他和那个日本兵说话时，阳光照在他前额的头发上，闪着一道黑蓝的亮线。他穿着船长的一件衬衣，敞着领口，一条王的司机制服裤。他的口袋鼓着，里面塞着一卷我们在埃尔莎夫人梳妆桌最上层的抽屉里找到的现金。

我身旁站着一个个子很小的女人，差不多在我的手肘处，蓬乱的白发散着，没有打辫子也没有盘成髻。

“你男人那么有钱，你可真好福气，”她说。

我开始以为她在说船长，随后我才明白她在说魏。那个日本兵轻轻松松地接下了他的钱，就像是饭店里的侍应生从有钱的大佬手中接过小费。他打手势让魏回到我们几个站的地方，我们每个人脚边都放着个装得满满的行李箱。

汤米先生看到了王，朝我们走过来，一步一步慢慢地，为了不引起别的日本兵的注意。只要那个许可了交易的日本兵知道就好了。他把手放在玛里的脸颊上。

“先生，”王说。“我真抱歉。”

船长摇了摇头。

“你制止不了他们的。”

“他们会把你带到哪儿去，先生？”王问。他的声音里带着真诚的关切，我觉得他既是关切别人，也是关切他自己。

“谁也不知道，”船长说。他接连咽了两次，像是口渴想喝水。“上个礼拜，他们一直把我们关在糟糕透顶的贫民窟里。”

“先生，”我说，给他看我们脚边的箱子。“我们回公寓去了。给你们理了一些衣服。”

玛里呼在我后颈上的气息，比四周的空气温暖。

“太感谢你们了，”汤米先生说。“我来拿箱子，你们其中一个带着玛里跟着我，隔上几步。我们可不想惹那些杂种。”

他把三只箱子都拿了起来。

我一直都在想象这一刻会是怎么样的感觉——我要和玛里说再见，再也见不到她了。但我什么都没感觉到。我四周的空气里全是她即将离开的气息：她用的宝宝洗发水，她喝的奶粉，还有衣服里留下的肥皂味——一天带她下来，那股让人安神的混合气味总会深深地留在我的指间。

这一切想法魏似乎都了解，就像我一直坐在他的摊前说着，花一分钱让他写下来。我还没回过神来，他肿胀的长着茧子的手指已经解开了背带，把她从我背上抱了下来，走开了。他像个小偷似的，步子很轻，隔了几步跟着船长，穿过了人群。

我屏住呼吸，看着他跟着船长往埃尔莎夫人的方向走去，但她的位置变了，被周围的人潮推到了别的地方。我又转过去看魏，他也看不见了，埋没在压低的头颅和四处飘散的烟雾中。随后我又在一大群人中看到埃尔莎夫人了，一缕惨淡的冬日阳光正好照在她的脸上，让我想起雷恩过去常去的破烂酒吧里灰蒙蒙的光线。她伸出手臂，眼睛里没有泪水，等待着。等魏又出现在视线中时，他把玛里放在了她的臂膀中，我觉得皮肤像是从身体上一片片一条条地剥离。我想起了那条街上被炸死的女人，她的手还握着她死去的孩子。

玛里醒了。她的手抓着埃尔莎夫人的头发，她们互相微笑着。我只能看到她们俩的侧面，一半是埃尔莎夫人的微笑，一半是玛里的微笑，合在一起是一个完整的微笑。

魏贿赂过的那个日本兵似乎不再友好了。

“快点！”他大声嚷嚷。几秒钟后，魏就又站在我的身旁了。他照样不急不喘。

我的背上觉得冷冷的。

蓝和王同魏在争论，说我们应该给自己留点钱，我们也需要用钱的，但我的注意力完全被玛里吸引了。隔了这么一段距离，她看起来有点不一样。我盯着她看，想把那双深蓝色的眼睛深深地印在自己的记忆中，还有脸颊上的那片红色的湿疹。总是要抹上药膏，她才不难受。她的手指不断地张开来又握紧了，像是急切而又不确定地想用拳头紧紧抓住围绕着她的生活万象。

日本兵已经不再记名字看证件了。下来一道命令，让大家丢掉身份证件，起步出发。囚犯拖着脚步离开操兵场，在他们的身后留下一块块方方的黑蓝色拼图，斑斑驳驳地布满了整片葱绿的草坪。

"英国护照，"魏说。

我们跟在后面，日本兵没有阻拦我们。他们像是想让我们明白现在到底谁是新主子了。操兵场外面的人行道上挤满了和我们一样的人，一下子失业了，除了当当看客，不知道该做什么。我们挤过人群走到干诺道上，那儿的人群稍稍疏散了一点。我们站在人行道上，像其他人一样观望着。英国人一排十个，低着头走过。有个男人抬起头，日本兵朝他的脸一拳打过去，那人就又低下头去。血从他的鼻子里流下来，滴在地上。一条狗从人群中跑过去，嗅了嗅血迹，日本兵毫不迟疑举枪向狗打了一枪。狗的尸体软塌塌地瘫倒在地上。

码头上有两艘船快要离港了。发动机响着，喷出一团团的烟，笼罩着用绳索系在船后的舢板。囚犯像羊群一样被赶上了踏板。人太多了，我再没看见船长、埃尔莎夫人和玛里。

我们没有等着看船离开，而是回到了会馆，去看看那儿还留下了什么。我们一路走着，我的一只手插在口袋里，里面放了一顶鸟窝大小的玛里的帽子，一封给你的信，三妹。那天早上我想去寄信，到了邮局却看到暂时关门的告示。

第三章

汤米：1942年，赤柱

1月5日

上午11:00在维多利亚港上船。11:30起航。直线南行，穿过博寮海峡。下午2:00到达赤柱。

1月6日

北纬22°13'00"，东经114°12'00"

赤柱半岛：渔村，人口数目不详，一座专门修建用于关押香港犯人的监狱，一所称作圣士提反书院的预科学校，以及赤柱炮台。英国人、荷兰人和美国人等敌国公民将要被关押在书院以及监狱外围的一些建筑内。监狱本身用于关押从香港城里来的罪恶之人。指定的区域周围已经架起新的铁丝网。

十三幢房屋用于关押三千个被拘押的平民。和埃尔莎一道被指定住在前印度看守的住所，朝向大潭湾：十个人住在一间长十四英尺、宽十英尺的屋子里，除了我们自己的两条羊毛毯子，没有其他的床上用品。毯子既要用来盖又要用来垫。男女分开睡。至少有六个人共用一间淋浴房、厕所和厨房。有蚊子。

晚饭：米饭和白菜。

1月7日

清晨6:00开始行动。第一件工作是清理，从科学实验室开始。实验室在战斗中被毁。士兵被杀，红十字会的护士被残害被奸杀，再用火烧。操场上，骨灰堆还冒着热气，人骨戳了出来：不知道是我方的还是敌方的人。实验室外面的草地上，破碎的玻璃，棕色的，蓝色的，到处都是。实验室里面：墙上地上有干的血迹，泥巴，石膏，裂开的沙袋，玻璃，军装扣子。厕所已经满溢。

尸体——有几个英国人，二十来个加拿大人。加拿大人还带着点婴儿肥，太阳晒得满脸的雀斑。在埋葬他们之前，我们先搜了一遍他们的口袋。其中一只口袋里有一封折起来不带信封的信。“爱你的妈妈。”把信和他一起葬在山上的坟地里。铁丝网外，大海明亮得像是要把天空中的蓝燃尽了。我们不知道在加拿大会不会有不同的做法，就按照我们的习俗来。**尘归尘，土归土。**

1月10日

入住五天后，仍旧闻得到死亡的气味，尽管尸体都已经被埋葬。我们一幢楼一幢楼地查找，搜集可以找到的用具：刀、叉、搪瓷杯，差不多可供三百人使用。奥斯卡·坎贝尔说这只是开始。我问他，他认为此事会如何结束？他说，这样的问题最好避免，还有妇孺幼童之类的等等。我看他总是紧张地关注着他们，想着他们是不是会碍手碍脚，而不是有所帮助的人手。埃尔莎坐在营房下面的院子里，抱着玛里，两眼怔怔的。我问她怎么回事，她说："我应该把她留给林的。和林在一起，对她会更好。"

坎贝尔和我都认为这儿应该有秩序。要有从上到下的组织；要有行动计划。他说我们需要设立委员会，问我是否愿意参加。他的优越态度让我很不舒服。但我还是答应了。咪咪说，这里要是得有个负责人的话，那人应该是我。

1月24日

玛里需要喝洁净的水。五点起床烧开水，等她醒来时，开水已经凉透。我看着她坐在埃尔莎的腿上，喝着勺子里的水，哭着想喝奶。但没有一点奶粉。埃尔莎又给了她一点水。我拿着几件林给我装箱的好衣服，在营房里走了一圈，找到一位荷兰女人。她给她刚学步的孩子带进来五罐奶粉。她给了我两罐，作为交换，我给了她一条高尔夫球裤和一件诺福克外套。

早上10:00，临时委员会第一次会议。成员由大家举手表决产生，黑板和粉笔用于记名字和票数。安顿下来后，再举行正式完整的选举。最重要的几个委员会是：住房委员会、食堂委员会、医务委员会，再加上娱乐委员会（坎贝尔认为娱乐非常必要）。每个委员会确定其成员，并规定相应职责。

日本人也采取了相似的做法。他们分发了一份行为规范。我们被告知，我们的待遇取决于在美国人、英国人和荷兰人手中日本战俘的待遇。我们需要在营房组成合作组，每一组都有领头人。不准离开营房，不准俯视下方的监狱区域，不准使用足球场，也不准采花。如果有人违反任一规定，将根据军法予以惩罚。

我问埃尔莎她是否愿意主管娱乐委员会，或许组织一个戏剧组，给大家提提精神，但她摇了摇头。

“奥斯卡·坎贝尔说，我可以帮助设立一个卫生所，”她说。

“你确定这个想法合适？万一玛里感染上什么病菌怎么办？”

“现在没有谁感染了什么，是不是？”

“现在还没有。”

“这是我想做的。”

“那行。你就放手去做吧。”

我敢肯定营房里尽是这种小争执——夫妻俩为着小事争执，就不用去面对其他的事了。前景一片空白。再多的委员会都不能改变这点。

2月17日

每天，我都会绕着围墙走上几圈，想弄明白目前的处境。大多数的日子，咪咪会来陪我。人多安全，她说。拘留营在半岛的脚跟处，和港岛的其他部分中间隔了一座村子。水泵房和炮台在另一边，俯瞰南海。我们所在的营房位于正式监狱的周围，但有铁丝网隔开。唯一直接俯视监狱的楼房是日军的总部,设在前校长的住所。有一天，四周没人看着时，我偷偷往下看了一眼，几个华人囚犯漫无目的地在放风的院子里走着。

我开始弄明白这一区域的布局。铁丝网内共有五座平房，房顶犹如劳工的笠帽，从A到E编号。这些屋子里住着高级政府官员、医生以及其他类似地位的人士，他们在这里依然享受着高人一等的待遇。奥斯卡·坎贝尔也住在那儿。我看得出来他对这一优惠待遇觉得有点不自在。围绕日军总部的是几座灰泥和瓷砖的大宿舍楼，分割成美国人、英国人和荷兰人三部分。每个国籍的囚犯各自组织炊事。这一区域的东面是大潭湾，南面是罗洲湾，西面是赤柱湾。

半岛的西侧，以前的教学楼后面是学校的网球场，早已经杂草丛生了。我的血液里准有点儿什么，一见到网球场茂盛的杂草和其中一侧边缘长着的柠檬幼树，我就感觉到指头在发痒。我身上流淌着农夫的血液。我父亲是农夫。家乡的每个人都是那样，一旦年纪大了，不能再穿海员的制服，便回家把锄。等到离开这鬼地方，我也要那样。

这儿的草不像家乡的草那样带着股饱涨的滋润气息，不过站在微弱的冬日阳光中，感觉着脚下的草，还是挺不错的。我站在拘留营的最北边，离村子近得都能看得到警署。在铁丝网和大潭湾之间，靠近海面处是间隔规整的大型仓库——这儿也有人叫做“堆栈”。日军自己的储备就放在那儿，不送了自己性命是进去不了的。各种各样的罐头装得满满的，火腿、燕麦、方糖、肉汤……从这儿的窗户都几乎能读出那些可恶的商标上写了什么。

不过，看来今天有谁善心大发，午饭让人欢喜雀跃：我们吃上了罐头番茄。绝大部分都给了孩子：每人一整只的番茄。他们喝着酸滋滋的番茄汁，嚼着番茄籽，脸上乐开了花。我的肚子咕噜咕噜地叫着，像是空空地冒着气泡。

“停住！”我举起一只手，对一个男孩叫道。

他妈妈看上去很不乐意。

“把籽吐出来。”我把自己的罐头伸了过去，男孩连着满嘴的唾沫把籽吐在罐头里。我让另外几个孩子也这么做了。最后，我大概收集到三四十颗完整的种子。我去找坎贝尔，把装在罐头里的籽给他看。

“我们需要开垦一座菜园，”我说。

2月19日

对付日军得小心，坎贝尔说。我们不能直接跟他们提要求，也别指望他们不找碴就能答应。我们还是得慢慢来。

可是如果不马上种到泥土里，我这些宝贵的种子很快会发霉的。我一捧一捧地偷偷把砖和泥土搬到营房的屋顶上，做了一个垫高的土床，再往里堆满了泥土。用拇指有规律地间隔着压出一个个浅浅的小坑，各放入一颗种子，盖上土。我一天浇两次水。我守候着。虽然不是满怀希望。这儿的土质贫瘠，有很多石块，几乎不适合庄稼生长。只需看看拘留营边缘处那些风蚀雨化露出地面的岩层就可想而知这儿的土质是怎样的了。能在这儿生长的东西不多，除了几棵树，还有一些花。二月兰已经开始开了，拱出了许多紫色的花苞，石斑木顶着粉色的小花，接下来该轮到茶花、杜鹃，要是这些油绿叶子的灌木都能应了花期。我们若是能允许摘花，一定早有谁试过煮一锅花汤。值得一试的呀。什么都值得一试。

丽兹·弗农是食堂委员会的主管。我们吃到的每一顿饭，她都根据分量和食物类别做了记录。米是生的，装在麻袋里送进来。一旦挑出些硬壳米虫、烟蒂和其他的垃圾，就比装在卡车上刚运到时轻了四分之一。昨天，米袋里还有一只死老鼠。我没告诉埃尔莎。上个星期有一种我们从来没吃过的肉——天哪，是水牛肉，尽是骨头，没什么肉。鱼尽管是冰冻送来的，等我们卸下时，还是已经发臭了。

早饭的稀粥过了一小时二十五分钟。到中饭还有三小时三十五分钟。最后的六十分钟最难捱了。到那时候，饥饿会变成一种碾磨式的疼痛，像是要把我的五脏六腑都刮出来。对此，我已经很有经验了。

站在这儿高处，我看得到孩子们露天在做作业，盘着腿一排排地坐着。教育委员会已经成立了，委员们都是些长相朴素、乐于助人、让我对其提不起兴趣的女人。不过至少孩子们有事做了。有几个不时地抓抓脑袋。头虱。我们得把他们的头发理了。到哪儿去找点消毒剂。埃尔莎说，医院里什么都没有，除了一点点奎宁，但咪咪从她的秘密情报来源听说，红十字会不久会送来几个包裹。

3月1日

玛里的生日。圣大卫日[①]。松树开始落松针了。我用几根竹条和碎木条做了一个简陋的堆肥箱，开始把绿叶收集起来放在里面做堆肥。要腐烂成可以有点用的肥料要花很长一段时间，但至少能改善一点土质。坎贝尔说，整个拘留营里的人在每顿饭之间都饿得只能去嚼草叶。播了种，要等好几个月才有收获，现在告诉大家这事，只会让他们更加沮丧绝望。“又不是每个人都在嚼草叶，”我对他说。

---

① 威尔士国庆日。

拘留营有个活跃的黑市。进来时带着现金的人能买得到香烟甚至还有硬糖。天知道都是从哪儿来的。我只知道我们一点钱也没有，而玛里的奶粉又快吃完了。埃尔莎和丽兹·弗农想把大豆碾碎了做替代品，但到目前为止，她们的试验还没成功过。埃尔莎说，她还需要一点练习，可是玛里脸色苍白，哭个不停。她应该会满地爬了，但她似乎感觉到自己需要保存体能，一天大多时间她就坐在一张毯子上。埃尔莎在哪儿干活，她就坐在哪儿。“放心去吧，我们会看着她的。”埃尔莎有事被叫走的时候，其他妇女会大声对她说。事实是，谁也不需要看着玛里，埃尔莎回来时，她还是坐在原来那个地方，没挪过一寸。

玛里是一年前出生的。埃尔莎用米粉做了一个蛋糕。味道糟得不能再糟，但我们都饿得很，也就吃下去了。更何况，这是额外的配额，食堂委员会为了庆祝玛里的生日特别许可的。

4月20日

管理拘留营的是两个小丑——我是说日方的人员。小林在战前是香港某个大酒店的理发师。他在那儿待了很多年了。坎贝尔说，还给他刮过一次胡子。另一个叫藤本，在湾仔一个裁缝店里当了五年帮工。这就是他俩超过我们的地方。想想就让我恶心不已。

藤本已经不再穿他的将军制服了，换上了麻质西装，淡色条纹，双排扣，上下无处不显得松垮。他用发油把头发都往后梳，又细又长像黄鼠狼似的，薄薄的嘴唇上挂着的怪笑倒是没变。小林更加难以捉摸一点。他带着股孩子气，把太阳帽当个足球似的盖在肚子上，喜欢穿短裤，袜子往下卷到膝部。两个人一起在拘留营里四下蹦跶时，看起来可笑极了。咪咪和我绕围墙散步时会碰到他们，但都是互不理会。

不过今天，他俩急匆匆地朝我走过来。他们喜欢上了养狗，细长精干的猎狼犬，头大得和身体不成比例。他们松开了牵狗绳，任它们跑在前头。看到孩子们害怕得跌跌撞撞地躲了开去，便乐得大笑起来。这一对虐待狂狗杂种，就是穿了羊皮也改不了本色。

我在操练场里劈柴。我们每天都有一斤柴火的配额——差不多一磅多一点。虽然天气挺暖和了，还是需要火来煮饭烧水。

"桥，"藤本对我说。小林拒绝对我讲英语。看样子一旦不必再挂个笑脸替别人理个短发，让有钱的白人赏一点点可怜的小费，他就决定扔掉敌人的语言了。

天知道他们在说什么。我要叫他们"阁下"那真见鬼了，所以我就站在那儿，斧头搁在脚上，低着头。你要胆敢不这么做的话，后脑勺就会挨一记猛抽。

一只狗呼呼地嗅着斧头的刀口，呜呜地叫着。藤本抚摸着它油光水滑的皮毛。

“我们想打桥牌。我们想要坎贝尔医生、你妻子、你和我们一起打，”他说。

我咳了一下。

“那样是五个人，不是四个人，”我说，不知道这次能不能蒙混过关。我从来没在香港打过桥牌或惠斯特牌。这些事归埃尔莎去做，尽管她抱怨桥牌是肥胖的老女人干的事，她只是为了让我高兴才跟着打的。以前她说这些话，总是让我乐呵呵地笑起来。

藤本告诉我，晚上 7:00 带埃尔莎和坎贝尔去他们的总部。我去找坎贝尔，指望他说，够了，到了我们表明立场的时候了，告诉这些杂种到底谁才是主子。

“可在这儿是他们说了算，”他对我说。

“要是我们拿起武器，拼死一战，就不是这样了，”我说。“我们有三千人呢。”

他摇了摇头。他看起来太放松了，简直像是在假日营里。

“什么武器？都完了，汤姆，”他说，语气倒还算和婉。

“那我们在这儿算是怎么回事呢？”我反驳道。我决心要和谁干上一架。如果不是他，那就是某个日本军官。

“我们在这儿是因为他们不知道该拿我们怎么办。平民，最难处理的俘虏。”

“难道我们坐以待毙？”

埃尔莎从厨房走了出来。门弹了回去，砰砰地撞在墙上。她直接朝我走过来，一只手放在我的手臂上。我挣脱了她的手，感觉到心头交织着欲望和愤怒。

“汤米。”她听起来又恼又羞。

“汤姆，你看，”坎贝尔用他那令人恼火的轻快语调说。“在没有别的消息之前，我们能依靠的只有我们自己。”

要是咪咪在，她一定会狠狠把他们剋上一顿的。这种调子她也绝对受不了。

前校长的住所有一个简朴但宏伟的门廊，二楼一整圈都有阳台，上面有伸出的屋檐挡着。我们沿着车道向屋子走去，里面有人看到了，打开了灯。一瞬间，我们像是去赴一场无所谓在哪儿举行的宴会。这是一个很糟糕的夜晚，一切都已经不对头了，但还是得强打精神去社交，为并不可笑的笑话笑着，对着并不喜欢的人微笑。

除非屋子被占领时没有一丝损坏，否则真得说他们的清理工作做得比我们好许多。我们被带入一个很大的房间，镶木的地板，窗口俯瞰着罗洲湾。房间正中央放了一张桌子，是为我们准备的，旁边放了五张藤椅。桌子上方低低地拉了一盏灯，洒下一圈椭圆形的光。我已经有一段时间没见到电灯了。灯光让我眨了眨眼睛。

藤本示意我同他和小林坐一起。

“小林将军今天晚上看我们打，”他说。“你同我是对家，这样你可以教他打。”

“对于桥牌，你已经了解了多少？”我问，希望他了解得比我少。如果是那样，我就可以随意发挥，让他们带着瞎编的荒唐版本回东京，没必要让他们知道有什么区别。

“一点，”他说，一只手捋了捋头发。

我看得出埃尔莎已经吓得呆呆的。她低着头洗了牌，眼睛只盯着牌上红白相间的箭头，给我和藤本、坎贝尔和她自己分别发了牌。小林坐在我身后，越过我的肩头看我打牌。

埃尔莎想了想她手中的牌，不做声地示意坎贝尔，但他没什么兴趣。这本来就不是他喜欢的事。他似乎比平时寡言，像是在思考什么。他的两只大耳朵支棱在脸颊两侧，像是两只门把手，姜黄色的头发挂在耳朵上。我们都看起来有点邋遢，连埃尔莎也一样。她的头发乱蓬蓬脏兮兮的。

她把牌在桌上排出一个纵列。

“方块，”她说。

藤本把头朝我靠过来，像是商量一件正儿八经要紧事似的，相信我会给他所需要的信息。我低声说了些有关叫价、合约之类的屁话，告诉他我们应该派司。他一字不错地按照我的指令行事。我们赢了。我怀疑埃尔莎也按照眼下的情形调整出牌，确保我们得到所需的结果。

“奶粉，”她说，出了最后一张牌。她的手指在颤抖。“我需要奶粉喂我的小姑娘。”

我看到坎贝尔看着她，不知道过后他会说什么。

藤本咧开嘴笑了，露出他完美的牙齿，还有厚厚的粉色舌尖。他转身走向柜子，取了一包烟。

“当然可以，”他说，一边啪的一声打开打火机的盖子。“喝一杯吗？”房间的阴影处走出来一个仆人，给我们倒了加冰的威士忌。他沿着桌子走着，软底鞋在地板上发出轻轻的拍打声。他身后的柜子上有一架无线电，两侧有柱子似的直条，中间的白色大旋钮像个指南针，下面还有两个黑色的旋钮。只要侧身过去，打开开关，一切都如此简单轻巧。

威士忌像个火球似的，击中了舌头的后端。

我清了清喉咙。

“我想着不知你们对原来的网球场有什么打算？”我问道。

藤本和小林相互看了一看。藤本已经喝光了杯中的威士忌，又恢复了整个晚上都没怎么变过的姿势，一手举着牌，另一手抱在胸前。他看起来像个织毛衣的老妇人。

“没打算，”小林说。他的眼睛比他的嘴唇还细。看起来真要用上英语的时候，他还是想起来了。

“我想着我们是不是可以把网球场改造成一座菜园。种点蔬菜之类的。”

坎贝尔看着我。我看得出来他紧张极了，他在后悔自己没有勇气说出这话呢。

谁也没吭声。房间似乎太亮堂了：电灯泡，边柜上的无线电。

最后，藤本说道：“好吧，你想做什么就做什么吧。”

他们邀请我们再喝一杯威士忌，我们都接受了。我们走回营房时，连坎贝尔都是前所未有的活泼。

“干得好，伙计，”他不断地说着。“太棒了。”

埃尔莎一阵一阵地笑着，像是以前在聚会派对那样。我走在她和坎贝尔前面，我感觉自己像是拘留营里最高的人。我开始唱起赞美诗《天堂的面包》。埃尔莎咕哝着向坎贝尔道歉。她的声音里满是爱意——“他喝醉的时候，就喜欢哼哼。”一个卫兵朝铁丝网的另一侧射出一枪。他们日日夜夜地在那儿戒备着，以防华人过来做私下交易，把香烟和糖卖给我们。我停止了唱歌。

6月28日

大多早上，我六点醒来。太阳已经愤怒地爬上了天，一把抓住了白天的脖颈。我穿过营房往网球场走的时候，整个拘留营静悄悄的。我机械地干着活，拿一把双尖头的铁叉翻着土，目前我只有这把工具可用。等到吃粥的哨子响起来的时候，我才意识到已经干了两个小时了。

坎贝尔说，我应该有些额外的份额，其他和我一起每天至少干上五小时田里活的人也一样。额外食物的承诺就够吸引人了。很快，从前印度看守的住房所在的小山头上过来一队人，早上和我一起干活。

我们能得到什么籽，就种什么。我们配给的食物中有新鲜的番茄，还有西瓜——但极少，而且还总是开裂的，流着鲜红的汁水，但厨房里的女人把西瓜籽挑出来给我们。有些人让在香港的朋友给他们寄救济包裹的时候，里面放些球茎。尽管大多时候都被没收，但偶尔也有一些进来了。

没多久，土里就冒出来一排排绿色的小秧苗，豆荚开始爬上了竹架。一旦开始行动，就没什么能阻挡我了。我们试着种玉米、茄子和菠菜。番茄长得不错。我屋顶上种的秧苗成活了，我把它们移栽到大点的菜畦里。种根茎植物这个时节还太早，但时间一到我就把胡萝卜种上，甚至还可以试试青菜和花生。

“照这个速度下去，我们可能会完全自给自足。不需要对日本人再低头哈腰了，”我对埃尔莎说。

她和我一起坐在营房上方的小山上，正在把一条长裤剪短了改成短裤。只有三架缝纫机在战斗中留存了下来，在营里的女人间传来传去。针线是红十字会送来的，但总是还不够用。尽管食物不够，营养不良，孩子还是在蹿个子，衣服很快就穿不上了。再说，很多妈妈似乎为了消磨时间，喜欢做点缝纫活。什么东西都可以拿来改成衣服。昨天，有个年轻女子走过我身边，穿着一件用面粉袋子改做的吊带衫，麻袋布的领口上缝着一圈粉红的花，贴在鼓起的苍白的胸脯上。她正从配给仓库把一袋米背到厨房去，为了把重量搁在背部，身体往前倾着。米袋的一个角裂开了，米像漏水的龙头似的洒了出来。一群孩子跟在她后边，急迫地捡起米粒塞到嘴里，相互推推搡搡着。他们咽得太快了，噎着了，最后他们只好相互拿拳头敲着背，看着嚼了一半的灰色米粒飞了出来，落在他们脚边的尘土里。那女子继续往前走着，毫不在意周围的事。她结实的臀部从紧身的短裤里顶了出来，像成熟的青梅。

“来，和我一起去散一会儿步，亲爱的[①]，”我对埃尔莎说，一边握住了她的手，感觉到手被针戳了一下。

“我没法去，”她说。

“为什么没法去？”

“玛里呢？我不能留下她走开。”

“她睡得很熟呢。”

“是的，我知道，可她在咳嗽呀。”

“什么咳嗽？”我坐直了身子。

---

① 原文为威尔士语。

“没事儿，”埃尔莎说。“值班医生说她有点胸腔感染。奥斯卡·坎贝尔签了张单子，她每天可以领一颗复方维生素吃。但她嗓子痒，夜里一直醒来，要水喝。”

太阳在罗洲湾上方沉了下去，热气渐渐散去了。远方，有两个戴着尖顶帽子的人影肩驮渔网，走向浅滩上的一艘船。他们干活的时候，弯着身子。渔网看着像是叠起来的船帆。一个人的裤脚卷得高高的，另一个穿着高筒雨靴。穿着雨靴的那个人开始解开船上的一卷绳子。两个人都小心地爬进了船，好像两人都上了点年纪，尽管他们背对着太阳，不太容易看出来。其中一个坐在船尾，仍旧在解绳子上的结，另一个站了起来，开始用桨把船往深水处推去。

“你早该告诉我了，”我说。“一有这事就该告诉我，我可以想想法子的。”

“你总是在那菜园里忙碌，”埃尔莎说。

“你什么意思，那菜园好像和你毫无关系？”

她瞟了我一眼，又继续干她的针线活。她缝的针脚又密又整齐。针穿过去的时候，她总是把布料凑在眼前看。在香港，我一直告诉她应该戴眼镜，但她从来没戴过。她说，她挺喜欢这样看生活，就让边缘模模糊糊的。有些事她还真是一点都不想仔细看看，连她自己镜子里的模样也不例外，所以不可能是因为单纯的虚荣爱美或者怠懒。

“风险太大了，仅此而已，”她说。她的语调和坎贝尔的像极了，她一说出来我就知道是谁的乌鸦嘴。太像他了，抿着嘴唇，说什么都慢吞吞慢吞吞的。

那行。我也不会告诉她还有别的什么藏在菜园里。我本来打算谁都不说，只和她一个人说，但暮色在她脸上画出的傲慢的阴影让我感觉像是远远地望着她。她像是在聚光灯下，而我看到了她身上所有我不喜欢的东西：她的短见，只想看她想看到的东西；她对坎贝尔那类的风头人物幼稚、盲目的信任；还有新近热血沸腾地在医院里值日班扮演南丁格尔。

所以我闭嘴没提，那是我的秘密。菜园里的种子得发芽结果，不单单是让我们大家免于饥饿，而且是因为我另有计划，一个我没有和坎贝尔以及他那些朋友分享过的计划。

我一直在往拘留营外面发信，信粘在卡车司机烟盒的内壁。配给卡车捎回来电线和插头的包裹，紧紧地裹在干净的床单里面。我把这些东西都藏在菜园里，深深地埋在整整齐齐的洋葱和四季豆下面。整个营里只有我一个人知道所有的零件藏在哪儿。我蹲在湿漉漉的泥土上。当坎贝尔、埃尔莎和其他所有人喝着豌豆汤的时候，我就会做我自己的无线电，找到合适的波段，把我们救出去。

但是我得耐心等待，这是问题所在。干活，等待。但没有谁似乎有耐心和我一起等待，只有咪咪除外。我知道我至少有她可以信任。

他们都以为我们过几个礼拜就可以出去了。然后，一个月又一个月过去了，我们都被晒了又晒，看起来老了粗糙了，他们开始说，到年底就可以出去了。

“到了圣诞我们就可以出去了，”在食堂排队领食物时，我听到他们这么对坎贝尔说。“你会落实这一点的，是不是，先生？”

“我一定尽力而为，”他用那种圆滑的腔调说道。每当说些显然不着边际的话时，他就会用那种腔调，但他能比任何人听起来都更可信。那就是为什么人们会信赖他，跟他走。

“你对我有信心，是不是？”我对埃尔莎说，紧紧抓住了她的手，针深深地刺入我的皮肤。

“当然，”她抽回了手，把针线活收好，站起身来。“我去看看玛里。”

手掌上针戳到的地方，有一滴血，不过很容易就擦掉了。我本想坐着等她回来，但我觉得累了，全身发疼。我也站了起来，走回营房，连脸都没有洗一下，就倒在了毯子上。大多数的夜晚，都是在饥饿和疲惫的交替折磨中过去的。要是在吃了晚饭后太久再去睡，我睡不着。只好咬着毯子，让嘴巴里浸满了唾液，想要一种胃里填了点什么的感觉。要是吃过晚饭马上就去睡觉，就没有时间去见见谁，说说话，连埃尔莎也见不上，特别是她。没有人际的交流，一天又一天的辛苦劳作就没有什么差别。玛里就像一棵土豆苗子在我眼前抽长了，但我实在太累了，几乎都没怎么留心她。

8月15日

这下我们都等候着。

我和咪咪一起坐在墓地的松树下，她的手搁在我的膝盖上。这儿非常安静，没什么人到这儿来。我把单子取了出来，又看了一遍。我时不时会看一看，如果单子不在了，会觉得异样得很。单子折起来放在我的右裤袋里，边角已经开始磨损了。很快我就得再抄上一遍了。但这事儿我也喜欢做——从坎贝尔那儿借了笔和纸，坐下来再过一遍表格，用一支淡色的铅笔来表示播种的时间，深色的铅笔表示什么时候可以收获庄稼。

快到时候了。萝卜长得像公园长凳上历经风霜的老人，奇形怪状的，但用刀子割开后，里面的肉结实洁白。柠檬像是上了蜡的太阳，开始自行从树上掉了下来。我只好提前把它们从单子上划掉了，在拘留营里四处问着想讨个箩筐把柠檬装起来。青瓜比预计的更细更长，皮上的颗粒粗大，但每一片都饱含着新鲜的汁水。

像是耷拉着的大耳朵的木耳菜旁边是一排排的芥菜和甜菜。我已经能够尝到硬硬的绿色梗子的滋味。我把芹菜的叶子在手指间搓着，放在鼻子下闻。鹅莓用一些杆子将就地架着，有几颗伴着轻轻的啪一声掉落到地上，裂开来露出透明的果皮。洋葱差不多有我的拳头大小，几乎要剥落了外皮迸出来。

周日的晚上，我在园子里走着，查看着我的庄稼。很快，这些就会被送到厨房，切碎，盐浸，醋腌，做酱，装瓶，或者就吃了。我蹲下来，深深地呼吸着根系蔓延生长、紧紧吸附着土壤绝不松开的气息。我不动声色地用手指摸了摸块茎周围，这样就不会被人发现。都还在，我的地下秘密电子元件网络系统。有一两个可能在上周突然往南扫过半岛的暴风雨中被毁坏了，不过我很乐意打赌多数是好的，可以和庄稼一起收获。这是极好的时机：小林和藤本已经变得又胖又懒。为了赶上他们的宠物狗，甚至都气喘吁吁了。

我看到埃尔莎高高的影子朝我走过来。我直起身子，趁她还没注意我们脚下成团成块的泥土。大白菜散开来的菜梗下，金属棒像个营养不良的孩子的肋骨，这儿戳出来一根，那儿露出来一截。

她递给我一根香烟。

“这是从哪儿来的？”我问道，一边同她一起走向墓地的前端。

“有个医生给了我两包。”

校舍主楼里爆发了痢疾。丽兹·弗农提议照看玛里，让埃尔莎可以二十四小时在医院里，坐在病人的床边，定时替他们擦手擦脸。如果病情转坏，就把坎贝尔医生叫来。白天，洗衣房里的女人们没完没了地浆洗床单，再挂到院子里晾干。孩子们在床单间钻进钻出，发出阵阵鬼叫声，从湿漉漉的床单后跳出来吓唬同伴。

我从埃尔莎手中接过烟，坐了下来。我们背靠着一棵木麻黄树的树干，抽着烟，聆听着风吹动着树叶沙沙地响。埃尔莎比以前瘦多了，连她的手指都细得像细绳。她的手看起来像我妈妈的手：被肥皂洗得发白，干燥起皱。那是一双辛苦操劳的手。但当她举着烟往后靠着时，让我想起了她婚前的模样。她外表看起来光洁圆滑，但实际上天真不懂世故，就是一个村子里长大的姑娘，很容易被我的海军制服和来自异域的礼物所收服。我们很快就结婚了——按我妈的说法，是短平快。我问埃尔莎是否愿意嫁给我时，她当即就答应了，随后哭了起来，像是我们认识的这三个月里，她一直在等我提这个问题。在我们的婚礼上，她又哭了。

我把烟蒂在草堆里摁灭了，翻过身俯卧着。

"哎呦，我的肩可真疼。"

"来，让我替你来揉揉，"她说道，把烟搁在一块石头上，捋起袖子。她俯身对着我，掀起了我的衬衣。她把手指深深地按在我的腰部，然后沿着脊柱两侧敲打到我的肩膀。我背上虬结的肌肉突然间松开了，让我哼出了声。她的手又一路敲到腰部，这次轻了一点。她的指尖继续往下滑去，摸索着滑向我的大腿根部。她闻起来带着股苦味，像是硫胺的气味。那见鬼的医院的药柜里某种东西的气味。

我没有翻过身，把她往我身上拉，而是避了开去。我等着她问我怎么了，但她什么都没说。她又拿起烟，深深地吸了一口，朝浅浅的海湾看去。

8月20日

除了藤本和小林，几乎不会有谁会想到桥牌。埃尔莎、坎贝尔和我一礼拜一次被叫到总部，打一圈牌，喝上一杯威士忌。别人听说这是经常的事时，开始是开玩笑，后来就有了嫉妒。

“我们现在和日本人合上伙了，对吧？”

“和日本人玩起牌来了，呃？”

“你们得到什么回报呢？我可真想知道呢。”

到目前为止，我们还算得到了点回报。除了菜园之外，有药品定期进来——还不足以保证每个人的健康，但正如坎贝尔所说，至少有一些。而且还让日本人保持心情愉快，这也是件好事。如果他们心情不好，列队操练就是一件又漫长又痛苦的事。人们被拽出队列，踢得东仰西翻，再被推回队伍。埃尔莎紧紧地抱着玛里，为了不让她看到，但她还是转动着小脑袋，看着人们被刺刀的刀背打翻在地。通常是男人受这罪，有时候也有女人。他们发现有两个姑娘为了换取一听罐头牛肉，在营房里提供肉体服务。他们把她们拖到队列前面，令她们脱光了衣服，扇她们巴掌。我站在坎贝尔的后面，听到他清了清嗓子，看到他后颈上的一条血管鼓了起来。我也没有做声。或许我也开始同意他的想法。考虑大局，这是他的观点。如果为了两个卖身的而被枪杀的话，他和我对其他的三千人来说，就没什么用处了。于是，我们就像其他人一样，看着她俩的衣服被剥光，轮番被扇着巴掌。可怜的孩子。她们毕竟还是孩子，骨瘦如柴。日本人告诉她们下不为例。事实上，还没等你反应过来，她们又都干上了。她们的顾客不仅仅是妻子不在身边的英国人，我敢说也有几个日本人。虽然她们在众人面前被扇巴掌，丢尽了脸，哭得死去活来，不过很可能是鳄鱼的眼泪。一旦她们的日本男朋友在今晚天黑之后，在某个堆栈里给她们一点儿安慰，眼泪就干了。

“可怜的姑娘，”我们走向前校长住所去打桥牌的路上，埃尔莎说道。

坎贝尔没吭声。他真是全无骨气。

“我受够了，”我说。

“你说什么？”埃尔莎听起来很不高兴。

“每个礼拜像叭儿狗似的到这儿来报到，还什么好处都没有。”

“我们没得选啊，”坎贝尔说。

这次牌局玩得很不好。这愚蠢的牌戏，我的技术越来越好了，而埃尔莎似乎越来越糟了。她不再习惯和别的人一起打了。她看着别人出牌，而不看她自己手中的牌，咬着指甲和指甲周边的硬皮。藤本和小林似乎没有注意到有什么异样，不过今天晚上，他们也有点心不在焉。我们一进来，他们就上了威士忌，但没有让我们喝。他们盯着自己的牌，抓抓头皮，又眨巴眨巴眼睛，打个哈欠。小林把收音机打开了，但我不知道是哪个电台。一个女低音在柔声唱着。

“埃尔莎，亲爱的。”

坎贝尔的声音里有点什么，让我想到前个晚上娱乐委员会在食堂举办的演出。他的声音比正常的高了一度。我从来不做业余演员，但看到孩子们戴着用没有解开的绳子做的假发套和用腌牛肉罐头做的戏装首饰，玩得很开心，我也挺高兴的。

她瞥了他一眼，让她的手落到了大腿上。她凑上前一点，同他一起看牌。他看着她问：“我们这次派司了，你说呢？”

她点头同意的那一瞬间，电光石火，我明白了。

他们俩已经一起睡了。

我盯着手中的牌，看着草花模糊成了黑桃。我知道，要是只有他们俩的话，他会把手放在她咬过的手指上，告诉她他爱她。我正想要站起来，大吼大叫——我才他妈的不管藤本和小林是怎么想的，他们想把我一枪崩了就崩了吧。那时，门打开了，两个男人直接朝我们走来。我的脸上啪嗒一声，又一记闪光，我想我一定快要死了，我的心狂跳着，然后我闻到一股酸性的烟，是镁粉燃烧的气味，接着看到了相机灯泡平底煎锅似的银色圆圈。

藤本起身把收音机关了。收音机里面先是轻轻地发出嘭的一声，继而是放大了的咔嗒声，才静了下来。

“我们今天有访客，”他说，露出了牙齿。“这位是《南华早报》的谭先生。他在写一篇有关赤柱拘留营的报道。”

我看到坎贝尔正在掂量着局势。我看到埃尔莎也在看他，那眼神仿佛是在我的心中插了灯丝通上电，将我从里到外地烧灼着。

“先生们，女士，”一个拿着软呢帽和记事本的华人说道，一边上来挨个和我们握手。

我们围着桌子坐着。桌上的牌瞪着我们看。

“可以说这儿的生活还挺不错的吧？”

记者先问坎贝尔。

坎贝尔姜黄色的头发已经被晒成金黄色的了。他的前臂上都是晒斑。

“过得去吧。”他直视着记者，让他明白这个词其实是多么的离谱。我们都一起看着记者写下这个词，又在下面划了横线。

藤本举着一支烟在空中挥了一圈，才把烟弹在烟灰缸里。

“他们都被照看得挺好的。每个被囚的人每天都有食物定量供应，都是精确到克计算的。他们有自己的医院，也有各类药品的储备。他们也有各种各样健身健脑的活动，比如说业余的戏剧表演、种菜等等。跟他们说说你的菜园，琼斯船长。”

“我在种蔬菜，”我说。

“是的，等我们离开时，他们都不需要我们了。”藤本的眼睛眯缝了起来，像是说这是多么滑稽的前景啊。

“您说离开吗，先生？”记者问道，手中的笔停在半空。

“是的，”藤本说道，喷出一团烟飘到桌子的另一侧。“小林将军和我马上就要回东京了。”

“那谁来接替你们呢？”

藤本摇了摇手。

“很快会有新人派遣过来的。”他转身对着坎贝尔。“条件保持不变。只要你们遵守规则，我们会继续善待你们的。”

小林紧盯着桌子上堆着的牌，好像那是塔罗牌，我们的未来都写在上面让大家看。

“他们俩不知哪儿搞砸了，是吧？”我们走回营房时，我说。“他们是一对偷懒的杂种，要被赶走了。”

我们走到了以前是印度看守住所的营房。坎贝尔第一次没有吭声。他只是继续朝他住的平房走去，举起手挥了挥算是道别。

“明早见，”我对埃尔莎说，很快走上楼梯回到我的宿舍。她的声音在我的身后沿着楼梯传上来：晚安，亲爱的[①]。就像那架相机上的

---

① 原文为威尔士语。

闪光灯一样自动而不假思索。

我在黑暗中听着周围另外五个男人的鼾声此起彼伏。我的嘴里塞着毯子角，机械地咀嚼着。我原本盼望着能喝到今晚的那杯威士忌，但没有喝上。或许，我只是为此事在难受。整个白天我都在想象，那种糖和酒精同时撞击头脑和胃部的感觉，那种只有好酒会给你的感觉。那些威士忌比拘留营的饭菜好多了，确实让我的精力维持得久一些。从今天晚上的谈话看，显然再能喝到威士忌不知是什么时候了。

然后我想到了埃尔莎，想到了妈妈，想到我告诉她我和埃尔莎订婚时她说的话。

“再来一杯？”她把茶壶在空中举了一会儿，开始倒茶。“你得看着她一点儿，你知道的。”

其他的事我再也不在乎了，只除了今天晚上没有喝到威士忌，胃里一股子被咬啮得越来越空的感觉，我怎么也适应不了。

要是妈妈能看到这幅照片，不知她会怎么想：埃尔莎、坎贝尔和我一起出现在一张照片中，和藤本、小林一起在玩牌？读着照片下方的报道时，油墨印到了她的手指上，她会怎么来理解那印在报纸上的一瞬间？

8月25日

整个半岛的表面像是在八月的烈日下开裂，天实在太热了。长着些绿草的地面只留下了些焦黄的痕迹，大块的岩石灼热得可以烧开一壶水。

今早列队操练时，藤本和小林宣布，这是他们在赤柱拘留营的最后一礼拜，为此他们准许游泳。我们可以带点食物去罗洲湾。从医院旁边陡峭的水泥石阶往下走，下面是沙滩。会有一整队的卫兵看管我们。

一次一组二十个人左右下沙滩。等到每个人都下了沙滩，花了很长时间。我们都没什么力气了，连孩子们也不例外。他们没有奔跑着冲向大海，在浅水处踩水玩耍。这个时候的水一定比热水澡还烫了。孩子们走着，一旦找到一个空的地方，就立即在沙滩上坐了下来。

有个年轻女人从我身边走过，瘸得厉害，她的腿因为维生素B1缺乏症而肿胀着。一个小男孩的背上全是蚊子咬的包。有几处被抓得太狠了，感染化脓，像是会留下永久的疤痕。几乎所有的男人看起来都一个模样：干柴似的腿和胳膊，凹进去的胸腔，鼓胀的腹部。从远处看，带来的野餐挺正常的：三明治，水壶等等，但仔细一看，就会发现中饭是用发馊的米粉包和极咸的腌鱼做成正方形的小块，每人两块。水壶里的水只有半壶，因为得剩些凉水晚饭时候喝。其实，已经没有晚饭了，因为我们都同意把今天的定额全带过来，好好享受一个下午。我们能指望最好的晚饭是上床前能吃到一勺子米粥。

“问个问题，”坎贝尔说。他看起来兴高采烈的，都顽皮嬉笑起来了。我真想朝他的脸打一拳头。

我咕哝了一声，眼睛继续看着沙子。

“什么时候野餐不是野餐？”

“当野餐实际上是死亡行军的时候，”我说道，指了指那些无精打采地一瘸一拐蹒跚走着的人们。

“他在开玩笑呢，”埃尔莎对坎贝尔说。“你在开玩笑，是不是？”

“你怎么知道的？”

丽兹·弗农走过来。她的脚埋在软软的沙子里。

“埃尔莎亲爱的，你要不要我看一会儿玛里，你可以去水里泡一泡？”

我们这些人中，丽兹看上去像是最饥饿的。她瘦了很多，剩下的皮肉孤单地耷拉在她的手腕、脚踝处。

“没事儿，”埃尔莎说，把玛里放在我的腿上。“汤米会看着她的。”

埃尔莎的裙子已经穿得很薄了，几乎透明，像是从她身上剥落下来的一层皮肤。她身上也所剩不多了，膝盖和肘部像浅水处伸出来的岩石，不过臀部的曲线还勉强能看得出来。我看着她的臀部直到她没入了水中，开始游了起来。坎贝尔躺在我身旁的毯子上，默不作声。

“喜欢这风景？”我对他说，把玛里放在毯子上，让她四处爬爬。

“是啊，挺不错的。”

他总是这么毫无血气。要是他被送到一队行刑队前，都不知道他会说什么。好吧，谢谢。不赖。还行吧。有几个晚上，我一阵冷汗醒过来，决心从厨房拿把尖刀，去平房D区把他的喉咙割了。或许我真会这么做，一旦等到菜园的庄稼收获了。

“嗒——哒，嗒——哒！”玛里找到了一块白色的卵石，一只手举着朝我挥舞着。她突然失去了平衡摔倒了，张开嘴嚎哭起来。

“瞧，玛里，”坎贝尔说。他捡起一根树枝，在沙地上画出一个图案。“瞧，好看不？”

“好——干，”玛里说。她接过树枝，在沙地上画出自己的图案。“好——干。”

埃尔莎在游泳。我看得到她的手臂有节律地在水中一起一伏。她离岸越来越远了。沙滩上，有个卫兵捅了捅他的同事，指着埃尔莎。

“埃尔莎想干什么？”坎贝尔坐了起来，手遮在眼睛上方，扫视着地平线。“她游出去太远了。”

“没事的，”我说，又给玛里递了根树枝。她坐在地上，开始拿两根树枝敲鼓似的敲击着沙地。“嗒——哒，嗒——哒。嗒——哒。

好——干。”

我捧起沙子，任它们在手指间泻下，玛里也觉得好玩极了。

“但她游出去太远了，”坎贝尔又说。在炎炎灼热中，他的头发、雀斑和晒伤的皮肤，使他看上去从头到脚都是橙黄色的。汗水从他前额流了下来。

“跟你说过了，”我说。“她总是会回来的。”

“好吧。”他又往沙滩躺了下去，不过仍旧看着水面上她的脑袋在水中沉沉浮浮。

两个卫兵沿着沙滩走来，军靴踢着沙子。坎贝尔又坐了起来。

“埃尔莎，”他叫道。

他的恐惧有传染性。其他的人也开始朝着同个方向看去，相互嘀咕着。孩子们跑进水中，相互抓着手臂，指点着。玛里开始哭了起来，不再是一个婴儿要喝奶的哭声，而是一个学步孩子急迫的哭喊声，直对着我的脸。我挪开了一点，但她追着我，哭喊着，尖叫着。“嗒——哒。嗒——哒！”拿着树枝在我的眼前挥舞着，差一点把我的眼睛挑了出来。

“玛里！”我说，把树枝从她的手里拿走了。这下她开始放声痛哭起来。

其中一个卫兵走到浅水处。海水没过了他的靴子，快到膝盖处，渗入了裤子。

"嗒——哒！"玛里喊着。

潮水有一刹那的平静。那一瞬间，潮水歇着，即将再次往岸边滚过来。一切都静止着，只有埃尔莎黑色的脑袋浮在水面上。她一定游出一英里之外了。在她的身后，是海湾另一侧延伸出来的低地，长着灌木和树林子，几乎没有房子。

站在水中的卫兵朝空中开了一枪。几个人跳了起来，玛里停下来不哭了。

埃尔莎转身，开始朝相反方向的海滩游来，她的手臂一上一下有力、均匀地摆动着。

"感谢上帝，"坎贝尔说，又支着手臂躺下了。

"明白了吧？"我提高了声音，为了让他能隔着玛里发出的吵闹声听到我的话。"她总是会回来的。"

8月30日

我早早醒了，立即明白有什么事不对劲。后来，我又琢磨着到底是什么发出了麻烦到来的信号。是空气中的嗡嗡声比平时更加密集，还是梗子秆子静悄悄地如破浪般裂开折断的声音？我套上裤子，光着脚朝菜园走去。

我走过拐角，经过美国人的营房时，看到了它们。蚜虫、黑蝇，各种各样的害虫。我的水果、蔬菜成熟发亮的表皮上密密麻麻的全是这些害虫。我举起一片白菜的叶子。叶子的背面全是虫卵。我能听得见它们噼啪噼啪地爆开来，真的。虫子爬了出来，伸伸腿，大大地吸上一口空气，然后开始把每一片叶子里的浆汁都抽空吸干。整个菜园里没有一棵植物得以幸免，全部病怏怏的。原本被成熟的豆子压得裂开来的竹竿像是筷子似的戳出地面。成排的玉米压得弯弯的，看起来像是马上要东倒西歪了，玉米棒子还支棱着，像是举起的手。投降吧。脚下，从春天以来一直作为掩体的叶子不是被虫子吃了，就是在短短几个小时内蔫了。

食堂外面排队领粥的人们转过身来看。小林和藤本也出现了。藤本咧着嘴笑。或许这并不是他意料中的结果，但他显然觉得这挺让人开心的。这会让他在东京面子上过得去一点。

坎贝尔走过来。

“运气不好，汤姆，”他说。

“不仅仅是蔬菜，”我告诉他。“下面还有其他东西。”

“什么？”

小林却已经看到了下面的东西。

“把手举过头！”

其中一个卫兵举起刺刀，对准了我。

小林盯着起凹洞的冬瓜和瘪蔫了的木瓜之间的土壤。太阳升起来了，金属片和电线像一把老骨头似的戳在地面上，上面的摩斯密码在阳光下闪闪发光。小林跳了起来，朝卫兵大声叫嚷着。他们迅速走了过来,沿着我最早用双手笨拙地挖出来的畦垄走着。有一阵子，所有能听到的声响就是他们用铁铲一铲一铲挖下去的刮擦声，一路翻出了块茎、球茎和种子。其他的卫兵跟在他们身后，检查着泥土，有几处用手指再翻出来看。

发现了第一个插头，其他的似乎就自行暴露出来。电缆和电线被拉了出来，伸直手臂朝前举着，像是种人祭的仪式。卫兵把它们放在小林脚边的木条箱里，再转身继续去找。

等他们找完了，他把我叫了过去。我迈开步子走了起来。除了太阳，什么都静止不动。囚犯、卫兵、埃尔莎、玛里、坎贝尔，甚至连咪咪也一样——他们的脸上挂着一副僵硬、惊奇的表情，像是有人把正放映着的电影突然停了下来，他们困在了僵住的画框中动弹不得。而我是唯一继续在真实的时间里前行的一个。我一路走过去一路盯着他们看。玛里的小手朝我伸着。她的指甲该剪了。埃尔莎通常都是用自己的牙齿咬掉的，因为没有哪把剪刀小到可以拿来剪玛里的指甲。咪咪的头发乱蓬蓬的。一定有谁把她从床上拉了起来，来看眼下发生的事。奥斯卡·坎贝尔是最让人吃惊的。他看起来像是要哭出来了。

我站在小林身旁。他比我矮，而我也明白他讨厌仰头看我。

“我们原本很信任你的，”他说。

我的嘴巴发干。

他们把我押送到日本人的总部，把我留在原来打桥牌的屋子里，由全副武装的卫兵看管着。边柜上放着空杯子。透过打开的窗子，我能听见有个孩子在一座平房的外面玩耍，一只橡胶皮球一下又一下地敲击着水泥的墙面。

等他们回来时，我估计他们一定是打算把我带到大潭湾去，那儿的潮水往西南方向滚滚奔涌。我敢打赌他们一定会把我毙了，任尸体在太阳下暴晒腐烂，再由一个浪头卷到海里。我想到了小时候在主日学校里，我们每人分发到一个十字架。那十字架是用干棕榈叶做的，尖得像指甲。周日的礼拜结束后，我们一路朝海滩跑去，把十字架插在沙子里，等着潮水涌上来，以为浸了水，它们就会再变绿。第二天醒过来再去看时，只有一堆透湿的十字架，乱糟糟地以别扭的角度戳在沙滩上。再过一天，必定被海浪冲入了大海。

不过，结果去的不是海滩。走出屋子后，卫兵戳着我的后背，告诉我往前走。我们沿着我们叫做罗斯福大道的路走去，经过了荷兰人住的营房、配给站，还有看守的营房，一直走到一扇我从来没有走过的栅栏门前。

门从另一侧打开了，我们直接走了进去，进了监狱。

1942年9月

我们在天上的父：

愿人都尊称你的名为圣。

愿你的国降临；

愿你的旨意行在地上，

如同行在天上。[①]

大多数的事我用英语都没问题，但祷告的时候，我只能用威尔士语。

我独自待在一个黑屋里。屋子极小。张开双臂，手指就能碰到两边的墙。没有窗，门上了锁。空气浑浊发臭，像是刚刚才有人住过。我等着眼睛适应黑暗，但适应不了。我什么也听不见，什么也看不见。

我猜想，黑暗是有原因的，让我忘记时间。我开始在脑子里默默数起数来。我把手指搭在手腕处，估摸着一秒钟、一分钟、一小时的长度。我不让自己睡着。

我们日用的饮食，今日赐给我们。

① 汤米的祷告为主祷文，出自《新约·马太福音》的第六章。原文为威尔士语。下同。

免我们的债，如果我们免了人的债。

第二天，牢房外面有响动。有人说话的声音。钥匙串哐啷哐啷地作响。我站起身，走到门边。我步子踉跄，唇干舌燥。他们又晃了晃钥匙串，像是快要开门，却随后就走开了。

我继续数着数。我口渴极了。我摸了摸墙面，湿漉漉的。我舔了舔手指，脏水让我恶心起来。

我没在数数的时候，就在祷告。我没在祷告的时候，就在数数。

不叫我们遇见试探；救我们脱离凶恶。

因为国度……

等到第三天，他们又来到了门前。和昨天一模一样，先是大声说着话，晃动着钥匙串。我坐在地面上，等着他们走开。但这次他们没有走。他们打开了门，命令我出去。

我在他们前面，沿着一条窄窄的走廊走去。一片明晃晃的日光。走廊尽头的门从外侧打开了，接着是更多的日光，刺得我眼睛流泪。白色的水泥墙，白色的天空，白色的太阳。监狱放风的院子。除了卫兵，只有我一个。他们拿枪托把我推出门槛，然后退下关上了门。

我听到身后的脚步声，但很奇怪，没有重量，像是孩子的步子。

有好几个。它们朝我跳过来时，我转过身。

是狗。两条狗。那两条宠物猎狼犬。它们差不多有我的齐胸高，跳起来，猛地咬住了我的手和腿。我拉出了手，向后趔趄着。它们撕咬着我脚踝上裸露的皮肤。牙齿深深地陷进了血肉之中。

我往下看。应该疼痛的，但真奇怪，并不怎么痛。

我听到了大笑声。卫兵从栅栏窗内往外看着。

其中一条黑白毛的狗，一只眼睛周边有一圈黑毛，直接冲着我的喉部跳过来。我举起一只手护住喉部。它这一大口咬住了我的整只手掌。我感觉血沿着指缝流了下来，暖暖的。我顿时被疼痛击中。

它们吠叫着，绕着我转，随时准备再次袭击。一扇门开了，一个声音叫了起来，它们朝着声音方向奔去。

一个卫兵出来，打着手势让我进去。

我在他前面沿着走廊走回去。我知道他们会把我带到哪间房间，因为门大敞着。我不想再回到黑暗中。一路走来，我努力想记住日光：白墙上反射的日光，日光的声息，日光落在皮肤上的感觉。血从我被咬烂的手流到了腿上，滴到了地面上。他们把我推进了小屋，但没有关上门。我走到屋子的另一头，回转身，靠墙坐了下来。看着门外的日光，呼吸慢慢地平和了下来。

我正要合上眼睛，突然咔嗒一声，门从里面被狠狠摔上了。又是一片黑暗。

我什么都看不见。

有一只手一把抓住了我的头发，一把刀子架在了我的喉部。我等待着金属割开喉咙。我想要死去，不要再感觉心脏狂跳，感觉惧怕。

我听到了一个声音。

“起来。”

是小林。我挣扎着站了起来。

门又一次被打开了。两个卫兵走了进来。其中一个拿布蒙住了我的眼睛。沿着走廊往前走时，他们不断地踢着我被狗咬过的脚踝和小腿。

外面有汽车发动机起动的声响。

“要带我去哪儿？”声音感觉是我发出来的，但听起来却不像。

我被拖上了一辆车，又被推着坐到了一个硬凳面上。

伴随着车子发动机嘎达嘎达声，小林的声音传了过来。

“回家啰，”他大声叫道。“日本！”他大笑起来，在车后的护栏上敲了两下。车子开走了。

我闻到了温暖的空气。海滩。山顶拘留营的食堂里煎炸着的什么东西。罗斯福大道两侧的岩石间长着的苍绿松树。

我听到发动机更响了，继而是换挡的声音。车子沿着通往鸭巴甸的长坡爬去，开回香港。

一会儿工夫，我在赤柱一丁点的拥有都不见了。蒙眼的布在耳朵两侧发烫。一片黑暗，从里到外的黑暗。看得到眼皮处有一个个影子闪过。埃尔莎和玛里。然后她们也都模糊不见了。

……权柄、荣耀、全是你的，

直到永远。阿门！

第四章

玛里：1947年，威尔士纽基

1

玛丽是英语里的叫法。威尔士语，是玛里。她没有中文名字。谁问她都这么回答：因为她要回家了，中文名字没用。妈妈这么告诉她的。

她坐在车子的后排，挤在埃尔莎和汤米的中间。皮座椅紧紧压着她百褶裙和羊毛袜子之间大腿后部的皮肤，冰冷冰冷的。她盯着自己的膝盖，皮肤上面鼓着一粒粒的疙瘩，埃尔莎说这叫鸡皮疙瘩。

“马上会暖过来的，”埃尔莎边说边把一只手放在玛里的大腿上。她柔软的新麂皮手套闻起来仍旧带着出售它们的那家高级商店的气息。赶在去帕丁顿上火车前，他们去了位于萨维尔街[①]上的那家商店。

① 萨维尔街（Savile Row），英国伦敦的一条街道，聚集了售卖高档定制男装的店铺。

埃尔莎花了很长时间挑选这副手套。汤米说，太长时间了。她把手套放在柜台上，还摆出不同的样子，先是右手套在上面，再是并排放在玻璃柜台上，看起来像是马上要去弹奏钢琴。然后她选了两双中深红色的那双——她管这种颜色叫“桑红”，又把手套贴在脸上，外侧边缘包皮的两排扣子轻触着她的脸颊。

“我要这一双，”她说道。

玛里站在她身后，从镜子里看着她妈妈，思索着妈妈的新模样。她还是原来的妈妈，但更苍白了，变老了，有点儿吓人，却也更好看了。她不再卷起袖子，她也不再微笑。她在街上大步流星，男人都对着她看。连汤米都要迈开大步才能跟得上她。玛里只好跑起来，两只手都往前伸着，希望他们中有一个会记起她，把她抱起来，不再落下她。但他们没有记起她，只是继续大步往前走，偶尔有几句短暂尖利的交流，听起来像是两粒玻璃弹子相互撞击，然后朝不同方向滚开，陷入愤怒的沉默。他们登上火车，坐在餐车里时，她挺高兴的。她得到一杯柠檬汽水。她让自己等了整整两分钟才开始喝。她的眼睛看着吧台上方的钟，鼻子在玻璃杯沿的上方，让气泡刺刺地在她的鼻孔下爆开来。

她眨了眨眼睛，让眼泪落了下来。他们在兰达西尔[1]下了火车后已经有很长时间。她觉得饿极了，而且背脊发疼。

“我们快到了吗？”

---

① Llandysul，威尔士锡尔迪金郡的一座小城。

"没，"汤米说。

他的声音有种能力，能够轰隆隆地穿过他周围的一切，令其颤抖起来。玛里感觉到自己的鸡皮疙瘩也发起抖来。她背转身去，越过妈妈看着窗外。窗外的景色和她以前熟悉的完全不一样。妈妈告诉过她，晚上在兰达西尔和纽基之间的路上开车，就像是在飞翔。首先，他们不会停下来。没有楼房，没有十字路口，没有穿着制服的男人。除了汽车的响声，万籁俱静。车窗上一条条的水汽其实并不是凝结的水汽，而是外面一卷卷的薄雾，从窄窄的车路两侧的山脚处升起来。没有月亮。他们的上方是空的，他们的下方也是空的，只有前方几乎看不见的路。薄雾朝他们翻滚过来，又飘移开去。汽车排挡咯吱咯吱地响着，费力地爬上了山。路两边的大树伸张着光秃秃的树枝，像是要把路过的车子给攫住了，扔出去让它们滚下深谷。

"今晚的雾很重，"司机说，没有扭转头。玛里听着他的威尔士语觉得很奇怪，短促的一句一句，她很难听懂。她只听过两个人讲威尔士语——埃尔莎和汤米。他的嘴里叼着一支纸卷的烟。她身子前倾地坐着。

"我们到哪儿了？"她问道。

"赛恩·克维尔特[1]沼泽，听说过吗？"

---

① Siôn Cwilt，十八世纪初威尔士走私传奇人物。当时的爱尔兰和马恩岛为独立区域，威尔士位于爱尔兰、马恩岛和英格兰之间，其西海岸走私猖獗，山林和沼泽成了走私者藏匿的地方。

她摇了摇头。在赤柱拘留营的时候，晚上窗外有奔窜的老鼠、屋内有啃食的蟑螂让她睡不着时，妈妈会跟她讲这一程的漫漫路途。但妈妈所描述的旅程，总是在大白天，太阳当空高照，地平线处闪着一道银白，那是远方细成一条线的海。在妈妈的讲述中，灌木丛中盛开着被称作“狐狸手套”的毛地黄，还有山上的秋叶，如此的鲜亮生动,连周边的空气也被染成了橙黄。玛里还不知道橙子是什么，但埃尔莎说这两个字的时候，听起来就温暖，满是希望。在妈妈的讲述中，太阳总是照着，万物总是光影相间，清晰明朗。

“一旦见到大海,你就会知道自己到了哪儿了,”埃尔莎这么说过。

但现在一片黑漆漆的，他们的车是一路上唯一的一辆车，前灯几乎穿透不了雾气。他们往山上爬时，司机放缓了车速，直到慢到步行的速度。

“我们到哪儿了？”玛里又问道。与其说她是问别人的，不如说是问她自己的。四周的感觉像是空荡荡的梦魇。她冷汗淋漓地从梦中醒来，什么都抓不住，只好等着埃尔莎过来把她抱住，深深地吸入妈妈睡意朦胧的气息，那股暖暖的厚厚的体香像一条安慰毯似的在黑夜中将她裹紧了。

“以前走私的会躲在山上,”司机说。“借着雾重。以前的事。”

玛里又偷偷往窗外看了一眼。各种各样的影子朝汽车跌跌撞撞地冲过来。它们冲破了浓雾，变成树杈、削短了的树篱、破损的门，然后再次没入她想象的阴影中。她的眼睛睁了很久，当她最终忍不住眨眼睛时，眼皮上似乎站满了从泥土里钻出来的鬼魂。其中有一个长着和汤米一样的脸。玛里转头看了看他，确定他就坐在她身旁。他的眼睛紧闭着，一只肩膀耷拉着靠在车门上。她又转向母亲。埃尔莎坐得笔直，两眼往前看。她已经摘掉了手套，握着搁在大腿上，不时地摩挲一下。车子里堆聚起来的沉默，和外面的雾一样厚重。

妈妈讲述的回家故事中，没有汤米。

汽车没有预兆地颠簸起来，前冲后跌了一番后，才又摆正了，把玛里摔到了汤米身上。他穿着自称为最好的那套西装。材质发旧，闪着亮光，而且套在他身上也太大了。埃尔莎从内侧把袖子叠了叠，减去了多余的长度。

“我跟你说过，需要留着这一套的，”汤米这么说过。

埃尔莎笑了一笑，但那笑比哭还难看，让她的脸看起来不快乐极了。玛里不明白为什么汤米这么粗鲁无礼时，埃尔莎还是对他客客气气。要是玛里讲话是这个态度，埃尔莎早就让她注意礼貌了。

“对不起，一定是撞上了一只獾，”司机说。汤米醒了过来。

“靠后坐好了，”他对玛里说。

她紧靠着椅背坐好，不得不伸直膝盖，鞋子吊在皮座的边沿。这样会让小腿后面留下红色的凹痕，好几天都褪不下去。别人问她回家的旅途怎么样，她会想到腿上深深印上的红色凹痕，什么都不愿说。

玛里的裙子都皱成了一堆，她把它展平了盖住大腿。妈妈把一只手放在她的腿上，轻轻地拍着，玛里不再烦躁不安。她把手放在身体两侧，笔直朝前看去，脑子里数着数，先是用英语数到一百，再用威尔士语数了一遍。等她数完时，再用粤语来数，尽管她知道她只能数到二十。不过，也可以了，因为等她数到林教她的十三时，就感觉到车下的路开始下倾。有一瞬间，她感觉他们真的是在飞翔，慢慢地落到了地面上。这时路两侧有高高的树篱，但透过光秃秃的树枝，她能看到这儿那儿的零星灯光。他们越来越低，灯光越来越密。车子拐入一条小弄，又往左一个急转弯。路的一边有房舍，另一边什么都没有。有一堵矮墙，妈妈告诉她不要靠近这种墙，免得掉下去，再往外就什么都没有了。车子在第一幢屋子前停了下来。在路灯光下，能看到门旁贴着个屋名“格威福”。她看不见大海，但她听到大海的声音，石墙下面传来阵阵愤怒的撞击、碎裂声。

司机站在车门旁，车门开着，发动机也没熄火，汤米数出几张纸币。他身后大多的房舍隐没在黑暗中。

“大家都在哪儿呢？”埃尔莎问道。

“都在村礼堂呢，我猜。”司机看了看他的手表。“离十二点还有十分钟。新年好！”

“新年好，”埃尔莎和汤米异口同声地说道，像是排练过似的。

“嗯，”车子往后倒出前院。埃尔莎说道：“我们到了。家。”

连这个字都让玛里觉得害怕。走私者的鬼魂，汤米在车子里的阴沉，赤柱拘留营，甚至连妈妈都说自己在那里像是个陌生人的战后的香港，可是，和这些相比，“家”这个字更让她害怕。她害怕屋子后面的黑色山峦，下面大海的呼啸声。她害怕这个地方，没有人，没有人声，没有人行道。

她没有问奥斯卡在哪儿，因为她知道她不应该找他。她低声对自己说了他的名字，在自己的心里，没人听得到的地方。奥斯卡，奥——斯卡，奥斯——卡。但他没有来。

2

埃尔莎和汤米开始往回沿着他们开车上来的路走回去。

“我们去哪儿啊？”

玛里想赶上他们。鞋子挤着她的脚，又冷又硬，让她走起来一跳一跳的。

“去村礼堂，”妈妈说。等玛里又拉了拉她的手时，她又说：“我们去参加一场聚会。”

"什么，现在？"

或许这儿总是这么黑漆漆的。或许对住在这儿的人来说，这就是白天。

她抓着埃尔莎的手，不时往两边瞅上一眼。他们转入一条陡峭的小路，一边是房舍，另一边是灌木丛，顶出来的树刺有手指那么长。埃尔莎都用不着告诉她要跟上。山坡非常陡峭，玛里只好弯着膝盖，尽量快步地往上爬，手拉着埃尔莎。越来越多的屋子，一个十字路口，又一条小路，另一侧是一摊墨黑。

"那是什么？"

"天啊，不要再问了，"汤米狠狠地迸出几个字。

"汤姆，你要知道这里对她来说全是陌生的，"埃尔莎说，然后朝玛里弯下身来，站在她和汤米之间，"那是球场，男孩们在这儿踢足球和橄榄球。"

"为什么是黑色的？"

"其实不是——是绿色的。只是夜里看起来像是黑色的。"

"你怎么知道这是草地？你怎么知道这不是大海？"

"因为在这儿，哪儿有什么，我知道得一清二楚，"埃尔莎说。她疲倦时，声音里带着股平平的调子。"大海在那些房子另一边，喏，在那儿。"她指了指他们身后的一些屋顶。"你听得到大海吗？"

玛里停下了步子。汤米继续往前走着，但埃尔莎和她一起站着。

这儿的大海听起来不像赤柱湾。那儿，长长的浪头低着声叹着气翻转过来又伸展开去，才在海滩上歇息下来。这儿的大海听起来像是暴风雨要来临了，狂风呼啸着，那类让玛里的梦中充满了巫婆和鹦鹉的夜晚。埃尔莎又开始走起来。

“那就是礼堂，”她说，指了指从前方的黑夜中冒出来的一个影子。隔着这段距离看，那像是一艘船。门紧紧地关闭着，全无声响。

“聚会在哪儿啊？”玛里问。他们从赤柱拘留营回到香港时，一直一直都有各种各样的聚会，从早到晚每一天都是聚会。没人在乎她在做什么。她可以躲在六国饭店的桌子下吧台后，和喜欢对她眯眯笑的女侍说说话，让她们帮着把纸巾折成漂亮的形状，等着埃尔莎和奥斯卡过来找她。她从来没有害怕过他们会把她忘了，他们也的确从来没有忘了她。

“我不知道。”妈妈犹疑起来，扭头看看汤米。“有点奇怪，是不是？”

汤米伸着平平的大手朝门走去，像是如果有必要，就会用力把门撞开。这时，门从里面打开了。

在门的另一侧，起初什么都没有。只有影子。然后，埃尔莎走入了礼堂，玛里仍旧紧紧握着她的手，汤米紧贴在她的身边。玛里眨了眨眼睛，再眨了眨眼睛，直到她开始看见各种各样的形状：外套的曲线，呢帽弓形的顶。半黑暗中，有一堆人背对着她，看着礼堂另一侧抬高的舞台。从舞台上射出来一束耀眼的亮光。

玛里感觉到耳朵里一阵有节奏的噼啪声，她握着的那只埃尔莎的手的脉搏也在跳动着。

有个人形沿着大衣和帽子排成的走廊跑下来。她穿着一条白色的纱裙，下摆做成芭蕾舞短裙的形状，戴着一顶用银箔粘在铁丝圈上做成的头饰，让她看起来像是顶着一圈光环。她朝向这边朝向那边，随着她脑袋的转动，四下播洒着点点亮光。她的双脚必定是在地面上朝玛里跳跃而来，但她看起来像是在飘动。她的骨架很小，四肢纤长，眼睛大大的。她手里握着一支也是用银箔粘的魔棒，一路上左一下右一下地挥舞着。她一边轻盈盈地笑着一边向大衣和帽子洒着点点魔尘。她走到哪儿，那些大衣和帽子就转向哪儿。

玛里渐渐习惯了昏暗的光亮。舞台上，一些脑袋的后面挂着彩旗，一边是红龙，另一边是红白蓝米字旗。舞台上是列成队的孩子，最高的站在最后面，和玛里差不多年纪的小孩排在最前面。他们的嘴巴张着，像是马上准备唱歌或是朗诵。他们的眼睛也追随着白色的天使。

天使的身后，一个声音从舞台上响了起来："女士们，先生们，来给我们 1947 年的新年天使艾莉丝·戴维斯鼓掌。"

礼堂里爆发出阵阵掌声、呐喊声，鞭炮似的在玛里头顶空空的梁椽间炸开来。每个人都离开了他们的座位。女人们相互亲着脸颊，男人们相互握着手，他们都在说："新年快乐，新年快乐！"直到有人看到了站在那儿的玛里、埃尔莎和汤米，种种声响平息了下去。连天使都像一朵雪莲花似的凝住了，盯着玛里看。玛里不知道谁更害怕，是她还是所有这些大人？天使傲慢地站到她面前，用魔杖轻轻敲了一下她的脑袋。

"你是谁？"天使问道。

"玛里，"她轻声说。

"你姓什么？"

玛里抬头看了看妈妈。

"琼斯。"汤米的声音在她身后响起，像是从球场传来，比什么都响亮，比大海都响亮。

"嗯，玛里·琼斯，"天使说。"祝你新年快乐。"

人们开始说着他们的名字，转到他们身旁，张开臂膀拥抱埃尔莎和汤米，问着各种问题。有些女人从手袋里拿出手帕，轻轻擦着眼睛。

"太意想不到了，"其中有个人说道。"真叫人无法相信。"

"我知道，"埃尔莎说道。"真抱歉。"

玛里不知道埃尔莎做了什么，但她还来不及问，许多胳膊、手肘和手指已经把她从妈妈身边拎走放在了搁板桌上。灯都亮了起来，桌上盖着的布揭了开来，玛里看到桌上摆满了食物。有咸牛肉的三明治、香肠卷、司康饼、蛋糕、牛奶布丁和果冻。很多只手把盘子递给她，别人给她什么她都接下，还拼命地往口袋里塞。有人给了她一块巧克力，又有人说："来，吃个橘子。"一只软软的带皮的橘子被塞进了她的手掌中。

"那是什么？"她说，指了指一盘闻起来甜丝丝热乎乎的东西。

"西谷米，"天使说，往碗里舀了一些给她。等她看到玛里没有听懂时，又说道："小卷毛，那是青蛙的眼睛。"

看起来像是珍珠漂在椰汁里。玛里往嘴里舀了一勺，等着珍珠硌痛她的牙齿，但它们化了开来，甜甜地粘在她的上颌。天使又往她的碗中央舀了一勺果酱。这一勺在嘴里迸开一阵甜酸的滋味，或许是草莓酱，喉咙深处感觉到籽的粗粝。嘴巴一空下来，玛里就往里面填上一勺。她的勺子像是一个小铲子，手臂开始觉得发酸。

"慢一点，亲爱的，"有个女人对她说。她看起来像是一个卷起来的煎饼，中间鼓鼓的软乎乎的。

天使仍旧站在她一旁，又把一只百果馅饼塞到她的手里，看着她嘴巴还没碰到，已经把馅饼捏开了。她感觉到葡萄干、橘皮干粘在了她的脸颊上。

"吃吧，"天使说。她的眼睛一刻都不离开玛里。她不带一丝笑容地盯着玛里，看着她的小手握住一只又一只的百果馅饼，拼命地想整个儿塞进嘴里。玛里吃完一个，天使就又塞给她一个。直到她身后有个声音叫了起来:“艾莉丝，请过来一下。”天使退了开去。她黑加仑似的眼睛继续盯着玛里，看着她舔着嘴唇，再把手指上的糖都舔干净了。

玛里坐在一把椅子上，背靠着墙。她想要缓一缓慢慢来，但她看着食物正在一点点消失，刚才那些在舞台上的孩子都纷纷过来拿蛋奶冻和香肠卷。她身旁的桌子上有面包和烤肉的滴油，脂肪的气味充斥着她的脑袋。上装、马甲、礼服裙之间流通着的热气越来越浓、越来越热了，她抬起头想寻求帮助，但所有的脸又是一片空白，眼睛、涂了唇膏的嘴唇都奇怪地挪动着，变了形。她辨别不出他们在说着什么，他们的声音一会儿太响一会儿又太轻。她又感觉到了，耳朵里的噼啪声。她慢慢地踅回门边，往外看着黑魆魆的球场，吐了出来，一股子绿色的呕吐物带着发馊的米饭的味道。妈妈说过，她再也不需要吃米饭了。一阵恶心又冲上了她的喉咙，喷溅在礼堂外面小路上的水滩里。那儿只有从背后的屋子照出来的一点点亮光。她心想，妈妈说的没错。妈妈总是对的。可是，就在西谷米的甜软和咸牛肉的咸鲜之下，她仍旧能在舌头的后端尝到发馊的米饭味。

3

“弗兰克，麻烦你去外屋再拿些柴火，心肝[①]？”

就他们六个住在格威福，包括南浓、弗兰克还有猫。绿色绳绒的桌布从桌缘垂挂下来，玛里在桌下给自己做了一个窝。她把黑白相间的猫像一个婴儿似的抱在怀里，抚摸着。猫把四只爪子举得高高的，一点没抗议，眯起了眼睛。

埃尔莎不时地揭开桌布弯下身看一看。她看起来很高大，像个巨人似的。或许是屋子在她的周围缩小了。她的脑袋似乎能碰到上面的雕花玻璃的灯罩，还有别的一切——壁炉前的脚凳，墙上金框的镜子——都像是缩小了尺寸。

“你没事吧？”

玛里的眼皮很重。桌子下面的空气软乎乎黑魆魆的。小窝之外的声音被低垂的桌布和红色的羊毛小地毯压得低低的。妈妈把桌布拉了起来。另一侧的壁炉台两端各放了一只瓷狗。炉火低低地烧着，

① 原文为威尔士语。

两边各放了一把安乐椅。

“见鬼，他为什么让门大敞着？”

汤米站在门边，一手握在门把上。

“汤米，”埃尔莎叫道。

他的身子侧出门去，看看门后的影子，像是想看到有谁蹲在那儿。

“汤米，亲爱的，坐下来吧，”南浓说。“弗兰克会把火烧旺，保你舒舒服服的。”

玛里努力不去看南浓，但她看起来太像埃尔莎了，想不看都难。不过，埃尔莎细细长长的，而南浓整个身子都圆鼓鼓的，手臂和腿向前伸着，几乎成了直角。她的前额有不少横纹，或许是因为她总是抬着眉毛，像是有谁刚刚告诉她一件难以置信的事似的。她的眼睛和埃尔莎一样是灰色的，但眼白上布满了迸裂的毛细血管，红红的纵横交错。她看起来非常的疲累，但又不像，因为她不停从屋子一头走到另一头，拍拍垫子让汤米在其中一把安乐椅上舒舒服服地坐下来，又马上走回桌边，让埃尔莎吃个三明治或是果酱蛋挞。而且她还不停地说话，除非汤米把她打断了。

“难道不应该是弗兰兹吗？”他说。

南浓重重地把一个盘子放在玛里头上的桌面上。

“不是，现在是弗兰克了。我是梅耶太太。”

南浓听起来像是紧紧抿着嘴唇，像是有个故事要讲，希望别人都侧耳聆听。玛里听着。

“弗兰克和我是在圣诞那天结的婚，”她说。

壁炉里快烧尽的木头嘶嘶地响着，闪着火花，相继倒了下去。独有一个火苗蹿上了烟囱，又灭了下去，下面烧焦的木头开始冒起烟来。

“暖暖和和的，舒服，对吧？”弗兰克一边走进来一边说道。他把一个装满劈好的柴火的灯芯草篮子放在壁炉的旁边，扔了一两条到火堆里。每次他举起一条木块，玛里都能看到他毛衣的袖子下鼓起来一块肌肉。他拿起壁炉格栅旁一把金色长柄的小扫把，把下面石板上的烟灰和点点尘土扫掉了。扫完后，他把扫把放回原处，把烧火工具挪到边上，免得碍手碍脚。扫把的黄铜柄亮锃锃的，像是刚刚擦拭过，光滑的表面上有凿打出来的船只扬帆的画面。弗兰克站在煤筐的旁边，两手交叠着搭在后背上。

南浓走到他身旁。他俩一样的身高，像是格威福玻璃门廊里那只风向标中的一对男女。

“弗兰克和我是在浦尔巴赫认识的，就像你和埃尔莎一样。”

“多好呀，”埃尔莎大声说道。“汤米，过来喝一杯苏格兰威士忌吧？”

“你可以给我端一杯过来。”

埃尔莎放下绿色的桌布。桌布之外的一切又开始变得模糊不清了。绳绒桌布抖动了一下，冰块落在玻璃杯里的叮当声，继而是液体倒在冰块上的声音。

埃尔莎借了一双南浓的家居鞋，穿在她脚上太大了。走回桌子的时候，她踮起了脚跟，像是在蹚水过河。

“你原来是在这儿的农场里干活？和意大利人、德国人一起？”她对弗兰克说。

玛里很想和妈妈一样把低垂的桌布拉起来，但她又不想让他们都看她。透过绿色蕨叶的图案，她能看到四双脚：每次有人说话的时候，那双脚就会动一动。弗兰克回答埃尔莎问题的时候，他的两只脚换了一下位子。南浓让他上外屋拿柴火那会儿，他换了一双鞋子。他干农活用的鞋子很旧了，补得又不好，一只鞋舌半吊着。

“战争结束后，你没像我们这些人一样，”汤米说。“想要回家？”他跷着二郎腿的两条腿放开了，接着又叉了起来。玛里能看到的一只鞋子仍旧在小地毯上。这是一只全新的鞋子，是在埃尔莎买手套的同一家伦敦店里买的。他们仨都有了新的鞋子。玛里的新鞋总是硌着她的脚趾，一有机会她就把它们脱下来。

“你也又待了一阵子，不是吗？”弗兰克说。

“战争结束后，有些事要理清，”汤米说。他说这话时，像是香港一片杂乱，而他、埃尔莎、奥斯卡和林都得认认真真地把这个地方打理干净，让它恢复先前的模样才行。玛里不记得是那样的。什么都是旧的破的，那没错，但每个人脸上都有笑容，而且有足够的东西吃。不过她反正也不知道之前是什么样的。她所知道的之前是赤柱，日日夜夜迟缓沉重的钟摆，等待着什么东西的结束。她问妈妈是等什么东西结束。妈妈说："战争。"她说着伸出手在她四周挥了一圈，仿佛把海蓝的赤柱湾、低低的山丘、像是没有蒸过的面团的颜色的峭壁岩石，还有在晨光下闪着白光的赤柱的海滩都纳入其中。

南浓走到房间的中央。她穿着一双凉鞋。这双凉鞋更适合赤柱的炎夏，被允许去游泳的日子里，可以光脚穿着凉鞋从营房下去走到海滩边——尽管有士兵监视着。可是她得和保暖的尼龙裤一起配着穿，她的脚趾甲是棕色的，看起来浓咖啡似的。

"我觉得我们该庆贺一下，"埃尔莎说。"新年，新的开端。"

"你不要担心。"南浓听起来有点不安，像是她的眉毛又在一上一下地挑动了。"我们会搬到布里斯托裁缝店上面的屋子去。你们三个一定得待在这儿。不要分开。"

"是的，我们从前在一起的时间不多，是吧，埃尔莎？"汤米说。

他听起来像是坐在椅子里身体向前倾着。玛里仔细听着，她头顶的桌子上有液体冒着气泡被倒入玻璃杯里。

"我算是起死回生，从死人堆里出来的。"

"啊不，我们从来没想过你们俩已经死了，谁都没有，是吧，弗兰兹……弗兰克？我们从来没有放弃过。"南浓站在她丑陋的脚趾上，前后摇动着她笨重的身体。她的脚趾看起来像是以前在赤柱种出来的那些疙疙瘩瘩、营养不良的小土豆。埃尔莎让玛里提着篮子去捡，篮子底垫上旧报纸遮住破洞，这样就一个也不会丢了。

“祝埃尔莎、汤米和玛里未来的日子快乐幸福，”南浓说道。

炉火边有一阵玻璃杯碰击的声响，有点迟疑，相互间没有合上拍。

“祝南浓和弗兰克，永远幸福，”埃尔莎很快接上说道。“我可不想听你们提搬出去住这事儿。你们不能搬到那个窄小屋子去。这儿有足够空间，我们都可以住得下。”

地毯上的羊毛圈舒舒服服地压在玛里的脸颊上。南浓的声音时高时低，像是埃尔莎和奥斯卡去的那家六国饭店里有人随意地弹着音阶。等她抵达故事的高潮部分，玛里猛地被推回到了现实，随后埃尔莎发出一阵礼貌的笑声，弗兰克则“哈”的一声。玛里又跌跌撞撞地回到了一摊子让她昏昏欲睡的内心沉默中，前言不搭后语地听着谈话的零星片段。她不时听到一记叨啄的声音，像是鸟喙击打着窗户，她从桌布的流苏下往外看了一眼，看到埃尔莎的手正在摘着桌布上的什么东西。

玛里躺回了地毯上，感觉到自己的身形和猫一起深深地印入了毯子，就像是身体离开沙滩时留下的凹坑。她和猫面对面，蜷曲着身子。她记起在赤柱和其他的孩子一起在海滩游泳，那些三色的沙子——深棕的、金色的、白色的——在她的指缝间一颗颗地滑下来，看着它们在阳光下闪闪地发亮。一般情况下，玛里不会去游泳，给她的那半个小时，她就坐在沙地上。那是因为她饿极了，埃尔莎是这么说的。他们都虚弱极了，因为没有足够的食物。网球场菜园里甚至都没有长出足够的土豆。埃尔莎对奥斯卡说："瞧瞧，可怜的汤米的土豆。"玛里问过："谁是汤米？"埃尔莎告诉她去和别的孩子玩。她想着，不知他们现在在哪儿，所有那些孩子。他们是不是躺在印着蕨叶图案的绿色桌布下？他们是不是都在吃面包抹黄油？他们周围的人是不是也上上下下地打量他们，说："瞧，我们这儿来了谁呢？"

声音渐渐退成了窃窃的低语声，有人说"有点热起来了"。格子窗被打开了。下面大海的涨潮声顿时把人声都盖过了，听不清楚，消失了。只有玛里，还有压在她脸上的羊毛圈。她躺在小地毯上，像是被冲上了海滩，孤零零地被遗弃在那儿。

4

妈妈信誓旦旦地说过，会亮起来的。的确，天终于亮起来了。但把她叫醒的不是光亮，也不是大海的声响，尽管大海确实在咆哮着。

那声响是从路易斯阶地传上来的重重的嘚嘚声。从沃特街往上坡而来，不均匀地敲击着，越来越响一直到了她的窗口下，令窗框里的玻璃也晃动了起来。

“牛奶车到了，”她听到南浓在屋子里叫唤着。

玛里在床上坐了起来。她的心快速地跳动着，冷冷的空气碰到了皮肤让她打了个寒颤。她把自己拉出了床，床前地毯的褶皱处让她绊了一下。她伸出一只手抵在窗框上让自己站稳了。就在凸窗下，一辆运货马车停在了格威福门廊外面。马的鬃毛是棕色的，头不时地前后晃动一下。它的身躯高大极了，身上盖了条毯子，在中段系紧了，几乎把深色的皮毛都遮住了。它的鼻孔里喷出暖暖的气柱。一对缰绳把马系在一辆浅浅的货车上。货车有两只高高的轮子，里面装着一个黄铜色的金属大罐子。

玛里在睡衣外套上了一件毛衣，穿上一双长袜，往楼下跑去。

南浓站在帽架旁，在一个抽屉里摸索着。

“我的钱包去哪儿了？”

她抬头看到了玛里。

“你已经起来了，好孩子，”她说。“啊，找到了。”

她握住玛里的手。

“跟我来。”她眯眯笑着，像是有什么好事即将发生了。

厨房里满是蒸汽。灶头上的金属壶里煮着过滤咖啡。咖啡香混合着晾在吊衣架上的衣服发出的一股子暖暖的肥皂味。南浓俯身从碗柜下面低低的开放架子上拉出一个瓦罐。

"好了，"她说，把瓦罐抱在臂弯上。"你拿这个好了。"她递给玛里一只黄色的杯子。

玛里紧紧地抓着杯子，南浓快步推着她走过门厅，打开了门。一股冷气立即击中了她，门廊地面上冻住的石板地的冰冷穿透了袜子，让她的脚后跟生疼生疼的。门廊通往街上的是一扇双开门，镶着彩花玻璃，上面一朵紫色的郁金香带着绿色的菱形花尖。她看到马的眼睛从门的另一侧看着她，水汪汪的被彩花玻璃印成了绿色。

"快穿上这双，"南浓说，指了指她自己的一双鞋子。玛里套上了，站在南浓的身后，南浓打开了门廊的双开门。

"早上好，赛恩，"南浓和握着马缰的男人招呼道。

"今天早上可真够冷的，"男人说道，一边拍着手跺着脚，让马又晃了一下脑袋。

"可不是嘛！"

他们俩都站着，越过牛奶车的顶端往大海方向看去。车轮子比玛里的脑袋还高，她试图透过车轴往外看。冷气直透她的身子，让她不由自主地像马一样地颤抖起来。

"要多少呢？"男人问道。

南浓伸出大瓦罐，说："我要一夸脱。"男人转身朝向牛奶车，任马缰在半空中晃悠着。他伸手取下车后长钩上挂着的一个金属罐，纵身跳上车子，在盛奶桶前蹲下来，打开龙头，牛奶喷注到罐底。他一手举着罐子跳下车，将牛奶倒入南浓握着的瓦罐里。瓦罐里的牛奶冒出一阵热气。

“还温着呢，”他说着看了玛里一眼。他眼皮和鼻子红彤彤亮闪闪的，像是在寒冷中冻坏了。他戴着无指手套，露出手背上起了水疱的皮肤，每个指甲上都带着一圈黑泥。他朝玛里眨了眨眼睛，问南浓：“这位小姐想要什么呢？”

“这是我的外甥女，刚从香港回来。”

“哦，香港啊？”

男人好好看了她一眼。他水汪汪的凹陷的棕色眼睛，和他的马一样。

“请给她来半品脱，倒在她的杯子里。我另外再给你一张票子，”南浓说。

“香港来的小姐不需要给我票子了。算我送你的礼物。欢迎你回家的礼物。”他其中一只水汪汪的眼睛眨了又眨，像是止也止不住。

“你太客气了。我非常感激，”南浓说。

他把玛里举过金色灯罩的煤油灯，让她坐在了高高的牛奶车上。虽然她并不喜欢他的手透过毛衣给她的感觉，但她什么也没说。他让她打开盛奶桶的龙头，又让她坐在靠着车子弧形后部的矮板凳上喝奶。她几乎一口气喝完了，看着下边屋子低墙里伸出来的树枝，前方的大海，深深浅浅的灰层层又叠叠。

男人又把她抱了下来。她道了谢，他对她笑了笑，整张脸皱了起来，像是裂开的釉彩。

“不用谢。[①]”

马甩了甩尾巴。男人轻轻拍了拍马背，他们继续沿路前行，向下面一户人家走去。

南浓说：“快，快，回到屋子里暖和去。”她们进了屋。屋子里其他人都还在睡着，灶头上的热气让她全身上下都暖和起来。玛里坐在厨房桌旁，手指在桌面的道道斑痕上划着，等着她的早饭。

5

随着清晨的寒冷散去，南浓的好心情似乎也散去了。有些日子，她早早地离开家去布里斯托裁缝店，不过她也经常待在格威福，照着食物储藏室里挂着的石板上的任务单，一件一件地做着，再用粉

① 原文为威尔士语。

笔一件一件地划去。一旦沉浸在一天的日程中，她就进入了自己的世界，好像只有绝对的沉默不语，她才能集中注意力。要是玛里跟她说句话问个问题，她不是摇摇头就是挥挥手让她走开。吃完早餐后，她把玛里裹在好几层的旧毛衣中，再套上一件笨重的外套，用焙烤纸包上一个奶酪三明治，放在她的一个口袋里，另一个口袋放一只苹果，送她走到前门。

“妈妈呢？”玛里问。她不习惯妈妈不在近旁。她习惯了赤柱拘留营里铁丝网内的安全感。如果妈妈叫她出去玩，她的意思是让她和其他孩子一起在放风院子里跑着玩，挥舞着一根碎木条，扔着用纸和浆糊做的球。埃尔莎的影子就在她身后的某个工场里，高高地印在窗子上。埃尔莎会一边哼着威尔士语的赞美诗。除了玛里谁也听不懂，哦，还有那个低处的靠近海滩的营房里的男人也能听得懂，他的名字叫杰克逊上校。他装了一只义肢，说离家那么远还能听到《纯洁的心》[①]，让他老泪纵横。

但南浓说：“你妈妈和爸爸需要休息。我们得让他们再睡一会儿。”玛里知道一旦门廊上的彩花玻璃门在她身后关上，她必须得赶紧走，否则手指、脚趾就会开始在寒冷中僵住。她必须一直走，直到午饭时间才能回来。要是回来早了，南浓又会让她出去的。她抬头看了

① Calon Lân，威尔士语赞美诗，约翰·休斯（1872—1914）谱曲，丹尼尔·詹姆士（1848—1920）作词。

看路易斯阶地的尽头。村子尽头的这条路到那儿突然陡峭起来，像是直通天空。她又朝另一个方向看去。下水滑道处有一些船棚，从那儿延展出一道天然岩石的突堤。她望向突堤的尽头，静静的海水表面光滑，像是新鲜奶油的乳黄色，只有几处杂入了苍白的牛奶色，那是潮汐留下的踪迹。

从格威福开始，这一带就全是烟囱管帽，三排阶地，阶地之间隔着从山脊处下来的小路。玛里发现不论她朝哪个方向走，早早晚晚都是会来到下面的海岸线旁。她伸出手臂，抓住了被嵌入墙面的金属栏杆。她聆听着。不知从哪儿传来一阵刮擦声，不过这儿的声响都是被大海、墙面和群山折射的结果。

玛里从格威福往下走的时候，她得挺直了身子，头稍稍往后倾，两脚一步一步地往前，免得自己冲得太快，绊到自己的脚摔跤了。下坡的脚步被拉得很长，周围的风景伴随着每一步，都在变换移动着。大海的灰度越来越深了。房舍像是跟着她在动。西边有一小片的光亮，照在薄薄的海崖下的水面上，好像太阳躲在云层后面的什么地方。

每天的清晨越来越明亮了，玛里开始喜欢上这种散步。她很高兴逃离格威福的厨房餐桌，不想看着南浓、弗兰克、埃尔莎和汤米之间心照不宣地传递着橘子酱。灌木篱墙开始长出一丛丛轻盈的淡绿色叶子，和沃特街平行的小溪化冰了，开始哗哗地流淌起来：玛里听得见小溪流下坡地去迎接大海。饥饿的海鸥的叫声被格威福屋后树丛中林鸽的咕咕声削弱了，听起来不那么绝望。在这些严寒渐逝的日子里，她要站在海的近旁，才能听到海的声音。

她看到一只红色渔船从突堤的后方驶入港湾，经过之处在海面上留下了一道皱纹。海滩上有一大块岩石，看起来像是断了背的鲸鱼，皮肤上刻着一道道窗花般的纹路。岩石矗立在一道碎裂的贝壳形成的脊垄前。海潮将贝壳摔到了堤墙上，陷在了岩石和堤墙的根基间。

岩石突堤有两层：玛里停下来站在上面的那一层，厚厚的堤墙上挖出了一条条的长椅，下面一层则凿出些不平整的台阶。虽说可以从一段台阶爬到另一段，但除了滑溜溜的台阶，没有别的什么可以攀援。南浓说过这些台阶很危险，玛里千万不可以去，否则会丢了性命的。石椅又黑又湿，冰冷冰冷的没法坐在上面。

玛里转过身，从突堤的尽头往回看着村子，看着海滩上孩子们留下的脚印。南浓说了，她该上学去了。埃尔莎说，他们得给玛里一些时间，让她安顿下来。“埃尔莎，”南浓说。“都已经好几个礼拜了。”玛里害怕学校的房子，墙砖湿漉漉油光光的，像是在克姆特地海湾的岩石上晒太阳的海狮。那个新年聚会上残酷的天使也让她感到不自在。她有个名字的，但玛里记不得了。她害怕在学校里要和那个天使单独待在一起。她还看到上厕所得到院子的另一侧去。每次妈妈问她想不想和其他的孩子玩，就像在赤柱时一样，她都摇摇头。

刮擦的声音又传到她的耳朵里来了。是从船棚和高悬在海滩上方的崖石之间的下水滑道传来的。那是尖锐的金属声，有节律的，毫不间断。她弯身下了台阶，双手并用免得自己滑倒了。

“哈，哈，哈！”

这是男人的笑声，从滑道上一只翻转的船的侧面回响着传了过来。

“你对极了，看，好家伙。”

下水滑道上堆着用金属条和绳索串起来的龙虾笼。有几个笼子上海草戳出来，晒干了。笼子里面又有几层奇怪的内网，像是蜘蛛网似的。船只被翻了个，看起来像是老突堤上那些驼着背的大岩石，用齐齐整整叠起来的薄木条、砖块和旧轮胎架在地面上。船身拱着，倒空了的样子看起来挺滑稽的。

“你好。这位是谁呢？埃尔莎的姑娘，是吧？”

有个男人站在一只倒过来的船后。船身白色光滑，像在他们上方盘旋的海鸥的下腹。男人的脚很小脑袋也很小，但肚子却特别大，裤子上系着条蓝色绳子做的裤带。他的帽檐压得低低的，却没有遮住他的大鼻子，像棵花椰菜似的鼓着。他身后还有一个男人，背朝着玛里，正在用一把金属刮刀刮着船身的顶部。点点的红漆四下飞着。

玛里溜出了他们的视线。

是涨潮的时候。海水冲上来，碰到了她的脚丫。涌潮抬起了钉在港湾墙上的金属环，它们相互撞击着，哐啷哐啷地响着。她倾听着海水匆忙奔走的哗哗声，盯着另一侧海崖边的小海湾。海崖边上是一排树，看起来马上要坠入底下的悬崖。

在那些倾倒的树的后方有一条新路，有一辆车正驶上来。发动机的响声越过了水面，玛里看到站在突堤上方的一个男人转过了头。汽车的发动机回火，发出嘭的一声，那人跳了起来，伸出手抵在他身后的墙上。他的脸上毫无表情，既不害怕也不愤怒。这是一张疲倦麻木的脸。她真是憎恶这张脸。那是汤米。

“嗨，”拿着金属刮刀的男人朝他的同伴叫着。“奥西，你看到那上面站着的是谁吗？”

“呃，没看到。汤米，伙计！”

汤米一定听到了紫色大鼻子男人的话，但他看起来像是没听到。他的头继续朝着另一侧的海崖看，扫视着那排树，像是等待着从那儿再响起嘭的一声。

玛里觉得尴尬极了。他一直都是这个样子，别人和他说话，他置若罔闻。南浓说，你就算经历再坎坷，这么做也粗鲁极了。玛里的脑子里有许多没有回答的问题，黑漆漆的一团。南浓的话像是浮在水面上或是挂在屋子外面渔网上的那些闪闪发光、红绿相间的浮标，刺破了这团黑暗。

“汤米，兄弟，你在干什么呢？”那人大声嚷嚷道。

玛里都不敢抬头再看。她脚下的下水滑道被大海冲刷了无数次，海潮看上去像是成了化石，涡旋留在了崖石中。

“真见鬼了，他到底怎么了？”

那人转身对着船，又开始刮了起来。另一个男人说了句什么，但声音很轻，玛里听不见。她越过肩头瞟了一眼汤米。他正笨拙地往下爬，身躯不时地摇晃一下，两只铲子似的大手正想方设法地想抓住滑湿的岩石。他看起来像是马上要落进下面的水里去,但他没有。玛里担心他可能会赶上她，于是转身穿过船只之间堆着的绳索、金属丝和碎木块跑开去了。她迅速地从翻转的船身下面和那两个男人中间钻过，一路跑上了山坡。等她跑到格威福的时候，心快要跳出了喉咙。她只好站在门前喘了一会气，才拉开门闩，走了进去。

“瞧你这样子。”

妈妈的声音里没有怒气，倒像是觉得有趣。她不会告诉玛里不要靠近浴缸，也不介意她把衣服打湿。玛里费力地拉着粗针毛衣，袖子里的肘部往上顶着，把毛衣从头顶脱了下来。

“想暖和一下？”埃尔莎问。

玛里的衣服闻起来有股海草的气息，上面粘着星星点点的干漆。她用光脚后跟把衣服踢到一边。埃尔莎什么都没说。要是南浓，就会唠叨她，要她学学把衣服整整齐齐地叠放起来，不要留下乱糟糟的东西让别人收拾。埃尔莎躺在浴缸里，脑袋靠在一端，把搪瓷的边缘当作了硬枕垫。她闭上了眼睛，伸展着身子，脚趾几乎碰到了另一端的水龙头。然后她轻轻叹了口气，在水中弯起膝盖，坐了起来。

“进来吧。”

埃尔莎站起身帮玛里爬进浴缸。她的头发湿的时候看起来更长，粘在肩膀上。她和南浓不同：南浓没穿衣服时看起来更胖——玛里看到她从浴室走回自己卧室时睡袍没有系好，露出一大片的肚腩和胸脯，上下左右地颤动着。可埃尔莎没穿衣服时看起来却更瘦了。手腕和脚踝上的骨头支棱着，肚子上的皮肤耷拉了下来，好像她以前肚子要更大些似的。那褶皱好比是南浓在布里斯托裁缝店售卖的一卷卷绉纱：深紫的、柠檬黄的，还有红的，那红像被压碎的覆盆子。她握着玛里的手让她迈进了浴缸，一起坐了下来，就像是在村子礼堂里举办舞会的晚上跳着民间舞的孩子，合着同一节拍数着数。玛里坐在水里，水漫到了她的下巴，埃尔莎合着正确的拍子，松开了玛里的手。

埃尔莎坐了下来。她的胸部白得像蛋白糖霜，一只乳头比另一只大，腹部一道粉红色的刀疤像咧着嘴的微笑。

“那是什么？”

玛里指了指粉红的线。那道线在水下显得更红了。

埃尔莎把手盖在上面。

“你就是那儿出来的。”

她侧过身去，把细细的双腿搁到浴缸的边沿上，留出更多的空间给玛里。

“汤米说我们来自浦尔巴赫。”

玛里在脑子里又说了一遍试试。这个地名像是另一个她不能说的词：“奥斯卡”。

水龙头里有水滴落下来，在浴室里回响着。纯白瓷砖上凝结的水珠滚下来落进了浴缸，在水面上滴出点点凹坑。

“哦，”埃尔莎说。“是的，他来自那儿。那是个农场。就在前面一点的路上，靠近威戈教堂。他妈妈和爸爸住在那儿。”

“他说我也来自那儿，”玛里说。

“是吗？”埃尔莎又把头搁在了浴缸的边沿，闭上了眼睛。

“我想去看看，”玛里说。“为什么汤米和弗兰克一直上那儿去，不带上我们？”

“他们是去农场帮忙的。忙着接生小羊羔呢，”埃尔莎说。“你很快就会看到的。我们星期天去，做完礼拜就过去。”

说了这句话之后，她再也没和玛里说什么。玛里坐着，膝盖靠在胸前，感觉太热了，汗水从头发根上冒了出来，但她不想说出来。看着妈妈在水下的身子变得越来越大，最后没有玛里的位置了。她说道：“我想出去了。”埃尔莎叹了口气，站起身，帮玛里迈过浴缸的边沿，自己也随后出了浴缸。她伸手拿了一条浴巾，从结了霜花的窗子往外看后园，尽管她看不见什么，只有床单在风中飞舞着，要很久才会吹干。南浓和埃尔莎会把床单拿进来，挂在厨房的滑轮晒衣架上，再晾上一天左右。等床单铺上床的时候，闻起来带着股南浓焙烤的香味，玛里将自己裹起来，闭上眼睛，梦见了糖果和蓬松的脆米饼，在她嘴巴的上颌化了开来。她还会梦见给她幸运饼的林。林告诉她，她是个幸运的女孩，给每个人都带来福气，而且又这么好看，一边还摸了摸她的头发。

“我能写一封信吗？”

玛里在路易斯阶地看到过邮递员，等送牛奶的早上来过后，挨家挨户地投递着邮件。站在厨房里就能听到他一路吹着口哨。南浓走进厨房时，埃尔莎会问：“有信吗？”南浓答“没有”，一边把黄油罐的盖子盖上，把它放到食物储藏室的冷食架上。

“你想给谁写信呢？”埃尔莎背对着窗户外射进来的光亮，影子像是从黑纸上剪下来的。

“林，”玛里轻声说。

“当然可以了。她会等着收到你的信的。”

埃尔莎弯下身，把一条浴巾紧紧地裹在玛里身上，她的手指轻巧灵活，这个动作像是做过千万次了。虽说在赤柱的时候，他们没有浴巾，是用刺痒的棕色毯子擦身的。那毯子粗糙，边缘都是嚼痕。她把手放在玛里的肩膀上，说道：“来吧，穿好衣服，去做中饭吧，等下南浓回家了。”

6

玛里和弗兰克一起走，跟在汤米、埃尔莎和南浓的后面。山坡很陡，她的腿走累了。弗兰克没等她要求就握住了她的手，让她很高兴。他不催促她，回答她所有的问题，虽然有时候要不做声挺长时间才回答。

“那是什么？”她问道，指了指挂在篱笆上的一串死鼹鼠。它们粉红色的前爪指向天空。“它们为什么会在这儿？”

“这个时节，它们对农夫来说是祸害。它们讨厌极了，把泥土都挖了起来。”

“像老虎一样，”玛里说。

“老虎？”

弗兰克低头看她。他的眼眶周围有黑色的眼圈，一笑黑眼圈就隆了起来。

“是的，”她说。“赤柱有只老虎，跟你一样大。那些卫兵只好围猎这只老虎，把它枪杀了。他们扛着它在营里走了一圈让我们大家看。”

"把你吓坏了吗？"

"没有，"她说。"倒是让我肚子饿了。"他们一排排地站在集合场地上。老虎肚子朝天用两根竹竿架着，在营里绕了一圈。它金黄乌黑相间的皮毛有些地方缠结在一起，还能看得到皮毛下的肌肉。

"他们给你吃了吗？"

"没有。"她摇了摇头。"妈妈说，他们把老虎给香港的一个日本将军了。"

"你现在饿了吗？"

"是的。"

"我们快到了，"弗兰克说，捏了捏她的手，开始加快脚步。"萨拉没准已经给我们做了些好吃的。可能是一两个虎肉三明治。"

她迅速朝他看了一眼。

"你说的是真的吗？"

"不是。"他又笑了一下。她握着他坚实的手。"只是个小笑话而已。"

"听到你笑，真太好了，"南浓说。"是弗兰克姨夫让你开心了吗？"

玛里又笑了起来，她喜欢南浓什么都不说看着弗兰克的样子。她走在他俩之间，笼罩在他们的微笑中。小路两边的灌木差不多和树一般高了，夹杂着一垄垄红色、黄色的樱草花，紫色的三色堇。它们都长得太高了，玛里摘不到。不过即使摘得到也没用，因为每个人都加快了脚步，像是突然记起来他们得赶着去什么地方，不想迟到。

突然，灌木丛不见了，他们来到了一个四处灰墙围绕的地方，有一个被蹄子、靴子踩出一堆堆黏滑泥巴的院子。方形院子的三面是连在一起的屋子，屋顶高低不一。窗子和门像是想安在哪儿就安在哪儿了，歪歪斜斜很危险的样子，一看就是南浓会称为“凑合”的效果。一个没有遮蔽的门廊通向谷仓，玛里看得见里面一卷卷在雨里泡过的潮湿腐烂的麦草。什么东西上面都盘桓着那股子潮湿的气味。谷仓打开的门旁散着一些生锈的金属——没有轮子的拖拉机、断了拉钩的拖车、一辆没有车门的汽车朝一边倾斜着。

“天哪[1]，”埃尔莎说。“这都是些什么啊？”她看了一眼弗兰克。

“格林什么都不让我们动，”弗兰克说，“我提议过了，都说了好几遍了……”

他停顿了一下。

“坦白地说，战争让他疯了，”南浓很快地说道，像是厌倦了等着别人说出这句话来。“对了，汤米，你一定都是亲眼目睹过的。”

“他只是有点上年纪了，”汤米说。他朝院子另一头的农舍看去。玛里看到窗帘的一角揭了开来，一双眼睛朝外看，黑得和鼹鼠似的。

“喔，行了，”南浓说。“你亲眼看到过了，他是什么样的，这儿都成了什么样的了。弗兰克做不了什么，这不是他的地盘，但是你可以。”

---

① 原文为威尔士语。

一个女人的声音从院子的另一头嚷嚷着传了过来。

“你们是打算一整天站在那儿了吗？还是打算进来呢？你们上哪儿去了？我都等你们半个小时了。”

玛里跳了起来。出现在窗口的那张脸这时出现在门口。

“都是彭德利牧师的错，”南浓说。“今天早上有很多罪孽需要讨论救赎呢。”

那女人朝他们走过来时，她的脸柔和起来，变成了一窝皱纹。她笨重的靴子穿过泥泞的院子，两手朝玛里伸过来。她的头发上包着一块灰色的围巾，松软耷拉着的胸脯上松松地系着一条围裙。围裙上的玫瑰都看不出是什么颜色了，胸前泼溅着一片污渍，可能是肉汁、酱汤什么的。

女人抓住了玛里的手，但她的手指油腻腻的。她闻起来一股子猪油味。那种烧过菜留在锅子里结了冻下次再用的猪油的油齁味，臭烘烘的像是烧焦的软骨。玛里抽走了手。

“滑稽的小东西，”女人说道。“你才没有六岁呢。”她看起来有些生气。

“我就是六岁了。”

“玛里，”埃尔莎说。

“你的头发可真乱，蓬得满头满脸的。”又对埃尔莎说，“你应该把她的头发剪了。”

“我们就喜欢这个样子，萨拉，”南浓说。她的声音比平时玛里听到的都要礼貌得多。

“嗯，快进来吧，”萨拉说。“格林在山上种地。很快就回来的。”

她把他们带到了农舍的后屋。里面黑乎乎热烘烘的。玛里眨了眨眼睛，想弄明白自己在什么地方，但只有一扇窗，和汤米的手一样大。炉火给屋子里的东西罩上了一层淡淡的光亮，屋子像是有了形状但却毫不明晰。墙纸起了泡，看起来潮乎乎的。

“快过来坐下，”萨拉说，把玛里拉向了炉火边。

玛里一边脱着外套，萨拉一边把她推到一个高背的长椅上坐下。萨拉又把汤米推到她身旁坐下，但他只坐了一会儿就站了起来，穿过烟雾腾腾的空气走向一扇通往走道的门。门开着，汤米在门旁站了一会儿，像是一只野兔将要抬起后腿跳起来。随后他冲向门，重重地摔上了。谁也没说什么，但玛里看到萨拉看着他，她的黑眼睛闪着亮光。汤米又朝长椅走回来，在玛里和埃尔莎之间坐了下来。南浓和弗兰克一起坐在靠着搁板桌的矮长凳上。

桌子上有两个盘子，一个上面堆满了三明治，另一个装着干果面包。面包已经切开了，除了里面的糖渍樱桃，看上去干巴巴的。

萨拉走到窗子旁盖住了整堵墙的碗柜旁。这不像家里南浓的碗柜。南浓的碗柜里装点着摆在金色漆盘里的茶具，一只来自厄瓜多尔加拉帕戈斯群岛用贝壳做的娃娃，还有一只日本的木偶，手臂举着把尖顶的帽子压在头顶上。萨拉的碗柜里放着些不配套的东西，不知哪个年代撞了缺口的盘子，成捆成捆的信函塞在别的捆起来的东西后面。

萨拉在碗柜旁一把装着辐条的高背椅上坐下。她如释重负地哼哼了一声，像是忘了他们其他人的存在。

后门打开了，一个老头子走了进来。他握着一支手杖，头上扁扁地戴着一顶帽子。他弓着的身子支在手杖上，像是一张揉皱的纸。

“你们好[①]，”他开口说。

除了玛里，每个人都轻声回应着向他问好。这就像在教堂里，不知道该说什么。其他人相互说着话，而她坐在那儿觉得傻乎乎的，看着讲坛上方的钟。炉火让她觉得很热，晕乎乎的。她很想趁着门还开着，穿过门跑到院子里去。萨拉慢慢地站起身，一只手撑在椅子的扶手上。

那男人把门关上了，脱下外套，才在靠近炉火的一把扶手椅上坐下。扶手椅布面椅背有一块地方磨得锃亮。埃尔莎和南浓开始随着萨拉在屋子里走动，将干果面包切开，把热水注入茶壶把茶泡开，将盘子杯子分别递给男人们，然后自己坐下吃了起来。

“谢谢[②]，”弗兰克说。

---

① 原文为威尔士语。

② 原文为威尔士语。

“你可真是慢慢来的，”萨拉说，又在她自己的椅子上坐了下来。

玛里不知道她是和谁说这话的，但每个人都转头去看埃尔莎。她看起来年轻得很，拱着膝盖坐在矮长凳上。她看起来也像是一旦有谁开门，就会冲出去逃走。

“嗯？”萨拉说。

弗兰克的手向放着干果面包的盘子伸过去。

“好吃极了，萨拉。我能再来一块吗？”

萨拉点点头，脸上挂着苦涩的表情。

南浓站起身走到桌旁。

“你难道不喜欢弗兰克在你的厨房里吗，萨拉？他都替你做了那么多的事。让这里还正常运转着。”

格林咳嗽起来，面包屑和嚼碎的干果呈一条弧线朝玛里飞了过来。

南浓转身看他。

“你们为什么都对我妹妹这个样子？她回家了，是不是？她和汤米都在这里，是不是？两人在一起，是不是？同弗兰克和我一起。”

“啊，没错没错，”萨拉说。“难怪我再也不想下来去村子里了。天杀的德国人都把这儿当家了。还有你。”她指着埃尔莎。格林盯着炉火，痛苦地慢慢咀嚼着食物，好像连糖渍的樱桃都让他牙齿疼。“时尚得很呐。可真是帮上大忙了。可怜的汤米。”

萨拉大声地吸着鼻子，最后哼了一声。

玛里把盘子放在炉栅旁边的架子上，面包屑都撒了开来。她站起身，离开了炉火的热气，她感觉全身放松了下来。她走过每个人，径直来到桌旁。她先把三明治盘子掀翻了，把抹了黄油的面包和切片的火腿肉撒到了地面上，又一拳搡进干果面包的盘子里，面包滚了开去落在了桌子上。她又搡了一拳，干巴巴的表面裂开了，干果和面包屑都撒在了桌布上。她转身对着萨拉，紧紧地盯着她的鼹鼠眼睛，用英语说道："我不要你做我的奶奶[①]。"

她向后门跑去，拨弄着门闩把门打开了。她啪嗒啪嗒地走在泥泞的院子里，这边迈一脚那边迈一脚，不知该朝哪儿去。她跑过了对着谷仓吱吱叫着的猪群，跑进了麦草堆深处，又跑到另一头挂着一排弯弯的镰刀的墙下，躲在了一卷麦草后。一双重重的鞋子正向她走来，在泥浆中一步一步地发出吧唧吧唧的响声。脚步声到了谷仓的石板地上。四处散落的麦草没有减轻后跟落地时沉重的声响。

脚步声停了下来。玛里蹲伏着没动，等待着。汤米一把把她拎到了一个草卷上，将她翻过来，开始打她的屁股。

回家的路上，玛里记着不要哼唧，尽管她的屁股仍旧痛得很。她跟在大家身后走着，两旁的灌木树篱越来越高，越来越黑。等他们到了山脊处时，大海映入了眼帘，在地平线处晃动着，倒映在渐

① "奶奶"一词为威尔士语。

渐变深的海水中的房舍也在晃动着。

没有星星，也没有月亮。其他人走在她的前面，拱着肩，谁也没有回头。

7

自那次以后，他们再也没去过浦尔巴赫，至少没有再一起去过。汤米和弗兰克一早离开，没吃早饭就过去挤奶。玛里要是起得早，就坐在厨房看弗兰克用棉布把脚缠起来，再把硬头鞋穿上。“包脚的，”他告诉她，一边伸出一只手摸了摸她的头顶，从后门走了出去，任门在他身后嘭的一声关上了。但埃尔莎和南浓会待在纽基，玛里跟着她们。她习惯了在格威福满是疤痕的厨房桌上吃早饭，然后去布里斯托裁缝店，等南浓把牌子从“营业中”转到“休息中”，便去后屋的厨房吃中饭，南浓会对她说：“你好好吃蔬菜，等下就给你奶冻当甜点。”

起初，她跟着南浓觉得挺好的，帮着南浓从地板上捡起碎布，用吸铁石把洒在柜台上的大头针收集起来，把蕾丝花边卷回到硬纸卷芯上。要是玛里碰巧抬头往窗外看，看到其他孩子上学去，她就躲在南浓放纸样的柜台后，直到他们的口哨声、尖叫声沿路远去了。

南浓把人体模特移到一边，在大凸窗前放了一张桌子。她又把缝纫机搬过来，把裁缝用的量衣尺放在缝纫机的右边。她告诉玛里，应该这么摆放来着。她说，玛里得先学学用剪刀，学会了她才会让玛里碰缝纫机。她给玛里一块裁衣划粉、一把锋利的剪刀，让她在边角料上画出形状来剪。玛里喜欢握着剪刀柄的感觉，布料在锋利的刀口下被裁开时的声音。她在白棉布上剪出海星，在枝条花纹的棉布上剪出小猪，在金雀花黄的人字呢上剪出芥子荚。她变得熟练起来后，南浓让她用有锯齿的大剪子，可以在旧床单上轧出一道道高低起伏的波浪。

“很好，”南浓透过眼镜看了看她的手工活后说。“下一步就可以缝针脚了。”玛里想用缝纫机，但南浓说，一定得先学会用手工做后，才可以用缝纫机。于是玛里开始练习拼缝，把几块剪成六边形的布贴到硬纸上，再缝缀在一起。

她连着几个礼拜都很乖，又连着几个礼拜让她做什么就做什么，于是南浓准许她给缝纫机穿上线，握着手柄转动轮子，缝纫机咔哒咔哒地响着，盖过了路过橱窗往肉店走去的女人的说话声。她们走过去了，她才会手握着轮子，抬起头来看。南浓说，布里斯托裁缝店是村子里地势最高的屋子，但视野却最糟。海湾几乎被下面的房子完全挡住了，只除了小路转向皮克顿阶地时的一段空隙。从那儿能看得到玛里拼缝布大小的一块深蓝色的海、别人家屋子的后墙，还有差不多是在街对面的肉店。她看得到肉店的后屋，越过伞架和瓷砖，一直看到柜台后放着的前镶玻璃的柜子。

吃过午饭后，玛里从她的缝纫桌看到肉店老板亨利站在窗口，把百叶窗全部卷了起来，再把门前的牌子从“休息中”转到“营业中”。女人们挽着空篮子和网线袋经过布里斯托裁缝店。玛里看着她们拥进肉店，挑选着盘子里堆着的没剥皮的兔子。有个女人伸出一只手去，一个一个地捏兔子的腰部，直到兔子的眼睛都睁了开来。透过玻璃窗，玛里看得到女人们的嘴巴嚅动着，亨利取过她们的票根和钱，啪的一声关上收银机。装着兔子的盘子抖动起来。它们看起来像是做着一个血腥的噩梦，几乎要惊醒过来了，但抖索了一下，又睡了回去。亨利血红的手把它们一只只地提起来，在柜台的砧板上剥了兔皮。等到女人们再次经过玛里的窗口时，留在亨利店里的只剩下乱糟糟的一堆灰色兔毛。

不过，今天有点不同寻常。玛里还没看到货车，就能辨别出它的声响。那辆车子努力地爬上山坡，阻塞的气门把车子挡了回来。司机再一次踩下油门试图开上坡顶。今天的车子装得满满的很沉。吃早饭时，她听到南浓和埃尔莎聊天时就知道了。车子从浦尔巴赫开过来，装着宰杀了的羊羔。据南浓说，睾丸都割去了——“让它们尝起来鲜甜一点，”她这么对埃尔莎说，一边做了个鬼脸。人们等这批货已经等了好几个礼拜了，南浓说。“跟你说，肯定会是一场混乱疯抢的。”不是疯抢兔子，玛里心想。她喜欢这几个词的发音，它们相互摩擦着跳跃着。

格林把车子停在亨利肉店的外面，排气管回火，盖过了女人抢兔子的动静。弗兰克坐在格林的身旁，窗子摇了下来，他的肘部搁在窗框上。他看到她和南浓朝窗子外看着他，向她们敬了个礼。

“我可受不了看那些女人推推搡搡地想挤到我的弗兰克身边，”南浓说。“我去烧壶水。”

玛里待着没动，看着弗兰克走出车子，打开货车的后厢。他背出用报纸裹着的宰杀好的羊羔，血滴到了人行道上。格林坐在驾驶座上一动不动，眼睛直视前方。南浓回来时，玛里问她格林在想什么。她立即回答道：“什么都不想。天亮，格林就起床，出门，挤奶，关门，看管农田，修修篱笆。天黑，他回到屋里，吃点东西睡觉。这样他就什么都不用想，一丁点儿都不想。”

“他们拿那些丸子做什么？”玛里问。

“什么丸子？”

窗子下有谁大声叫了一声。玛里从椅子上下来，从格子窗的窗框往下看。窗子外边的下方，有个比她大一点的男孩，弯着身子看着阴沟里的玻璃弹子。

南浓走到她的身后，她的身影把玛里看到的男孩变成了一弯黑影。

她敲了敲窗子。

“你在下面做什么？”她问。“走开。你把我的店前弄得乱糟糟的。”

男孩站起身。他的脖子上围着一条围巾，配他的外套，可围巾看起来太厚了。南浓盯着他不放。

“你难道不应该去学校吗？”她说。

“喉咙疼，”男孩的声音传过了窗子。他对着她和玛里做了个手势：两手围住脖子，像是要把自己扼死，然后指了指盖在层层围巾后的喉头。

“走吧，”南浓说。“你好走了。”

男孩捡起玻璃弹子，横穿过街，朝肉店方向走去。肉店上方的门铃又叮咚大声响了一下，玛里看到弗兰克走了出来。他慢吞吞地爬进货车，格林一边开始发动车子。

他们慢慢地沿着山坡顶朝玛里的窗口开过来。男孩就在她和货车之间。坐在格林旁边的弗兰克看起来比平时还活泼，像是自言自语地继续着刚刚和亨利的聊天。他的嘴唇翕张着，眼珠转动着，看起来像是还在咂摸着亨利在砧板上摆出的让他尝尝味道的闲谈八卦。随后他看到了男孩，几乎就站在货车的前面，他的脸色变了。男孩朝他扔着弹子，每颗弹子砸在货车发锈的前盖上啪一声，又弹飞开去滚落在玛里窗前的阴沟里。就在那一刻，弗兰克伸手握住了方向盘，手臂压在格林的手臂上，调转方向避开了男孩。

货车紧贴着男孩的身子滑了开去。“操蛋的德国鬼子！”男孩大声嚷道。他握着拳头，手臂举得高高的。

南浓愤怒地敲着窗子。

“立刻进来！否则我就向艾琳奈德告状了。”

男孩大跨步穿过布里斯托裁缝店隔壁的门廊，他右手的拳头仍旧高举着。

到了下午晚些时候，雨点打在商店的窗户上。玛里正在收拾东西的时候，又看到了那男孩。他蹲在外面的街上，手向前伸着，脸侧向一边避开海上吹来的风雨，把弹子从阴沟里一个个地捡起来。

玛里轻轻地敲了敲窗子，不让南浓听到。男孩皱着眉头走到窗前。

“它们是羊羔的丸子，真的，”她说。

“去你的，去你娘的，你这个讨厌鬼，”男孩大声吼着，南浓听到走了过来。见又是这个男孩，南浓说：“哦，别去理会理查。战争过后，她妈妈不想要他了，可怜的艾琳奈德没办法只好收留了他。她不肯把他送到卡马森的孤儿院去。”

“什么院？”玛里问。她饿极了，但她不愿想晚饭，怕自己会想到羊羔的丸子被切碎，浇了肉汁放在她的盘子上，它们一定会哽在她的喉咙里。

“没了父母的孩子的家，”南浓说，一边嘭的一声关上了抽屉，把一卷卷的彩色棉线放回篮子里。“走吧。”

玛里从椅子上站了起来，没有抬起头背转了身，因为她能感觉那个男孩仍旧站在窗子的另一边，而她不愿看到他脸上的表情。

8

邮局闻起来一股蜂蜡和浆糊的气味。到处都是木头，墙上横的纵的贴的都是木条，木质的柜台比玛里的头还高。不过玛里知道柜台的另一边有人，因为她听得到橡皮图章闷闷地砰砰响着。

埃尔莎把她往前拉了拉。她们前面有两个人。一个女人站在柜台前，轻声说着关于一个寄到什鲁斯伯里的包裹的要求。女人身后是突堤船上的一个男人，那个用绳子做裤带的。他看到前面的女人费力地想把包裹提上柜台，就伸手出去，拎着打了结的绑绳提了上去。

“来，帮你一把。”

一个穿着红蓝制服的女人从另一边走出来，抬起柜台，将一段镶了铰链的抬板叠起来，把包裹拎到了柜台里面，再放下抬板，不见了。

“天气比往年热呢。”队伍最前头的女人说。“好在带来不少度假的人。”她转过身来，要么是想指埃尔莎和玛里，要么是想让她们知道她说的不是她们。“哎呀，他们在海滩上摊开了毯子毛巾，吃起野餐来，你脚都挪不开哪。”

埃尔莎低下身对玛里说：“等下我们就去那儿。你可以游个泳，再吃个冰淇淋。”

玛里摇摇头。她不想去海滩。

“今天该寄的都寄了，”寄包裹的女人说，一边把皮夹和支票本都收了起来。“谢谢你啊，希拉。”

她经过玛里和埃尔莎朝门边走去。门打开了，进来一线正午的太阳，还有隔壁店里的声音。玛里穿着一件短袖衬衫，太阳晒到的前臂痒兮兮的。

快轮到她们了。

“希拉，今天我想要点钱，”她们前面的男人说。

“呃，我有多少就给你多少，埃伦，不过我这儿也缺现金。”

“能不能给我十镑？”

玛里没听到她的回答，但一定是男人想要的答案，因为他满意地咕哝了一下，靠在柜台上等着。屋子里一片寂静，邮局的女工作人员舔着食指和拇指，大声数起一卷簇新的纸币，快得玛里跟不上。

男人打开门走上街时，一股腾腾的热气猛地落在玛里的后颈上。

她跟着妈妈，往前迈了一步，避了开去。她紧靠在柜台前，鼻子都顶到了木条上。

埃尔莎从包里拿出了信。

“放在秤上，”女人说道。

玛里伸长了脖子，看着埃尔莎把信放在她上方的秤上。信封面朝下，地址的方向不对。她拉了拉埃尔莎的手臂，但埃尔莎没理她。

“寄到哪儿？”女人的声音听起来很遥远，像是走开去取什么东西。

“国内。”玛里喜欢听妈妈的声音。埃尔莎说话时，人们朝她凑了过来，将头侧向一旁听着。除了柜台另一边的女人。

“寄到哪儿？”女人的声音听起来有点不耐烦了。

“伦敦，”埃尔莎说。

“递过来。”

埃尔莎把信从秤盘上取了下来，捏在指尖，像是不知道该拿信怎么办。信仍旧正面朝下，玛里看得见上面的地址。

“卡——斯——奥，”她大声地一个字一个字念了出来。

“别做声，玛里，”埃尔莎说。她温和的声音突然抬高变得尖利起来，让她听起来更像是南浓。玛里的手指划过面前的木板，仔细看着上面的纹路，湖泊、国界、海洋和无底的水池都被石化了，聚在这方木板上。她伸出手指触碰着木板，却无法抓住点什么。木板又平又光，手指滑落了下来。

“想必你现在感觉安顿下来了，”女人说。“回到了正常的生活中。”

“是的，谢谢你，希拉。”

“这是伦敦的高尚区域吗？”

“哪儿？”

“克拉－帕姆，”女人的声音听起来像是照着一张纸在念。

“我不知道，”埃尔莎说。“我从来没去过。”随后像是突然想起了什么，她打开了手包。“我还有一封信，寄到香港去的。那个要多少钱，航空信？”她说，伸手拿出玛里写给林的信。她的信写在半透明的纸上，棉纸似的窸窣作响，在上面写字很不容易。

“没关系的，”玛里的铅笔在上面戳了个洞，埃尔莎安慰她。“林会理解的。”

那一刻，玛里坐在埃尔莎的膝盖上画着一幅给林的画，埃尔莎一边写着她自己的信，往墨水瓶里蘸了蘸墨水，然后毫不迟疑地写了起来，飞速地一气写成。写完后，举着信摁在吸墨纸上，有一刻她坐着一动不动，紧紧地抱着玛里。玛里继续画着给林的画。是一张模仿照片的画，画上埃尔莎、奥斯卡和她一起坐在赤柱的海滩上，她拿着一根小树枝在沙地上画着，埃尔莎弯着膝盖坐着，奥斯卡支着手臂侧躺着，伸着长长的两腿，两只脚叠在一起。

“我能要只兔子当宠物吗？”玛里问，眼睛仍旧看着她的画。

"肯定不行啊，"埃尔莎说。"弗兰克会把它剥了皮，南浓会把它放进炖锅里。"

埃尔莎的呼吸紧对着她的耳朵，暖乎乎的。玛里看着她把信从吸墨纸上取下来，小心翼翼地叠好，放入一只信封封好口。印在吸墨纸上的字要花很长时间才会干。它们看起来反了过来，奇怪极了。

"附上我所有的爱，"她大声念了出来，见谁都没说什么，又念道，"附上我所有的爱。"

希拉的脑袋从柜台上方伸了出来。

"你是个可爱的小姑娘，可不是？瞧瞧，也不是那么小了，是吧？"

玛里低头看了看她鞋子，穿在脚上有些发紧了。

"还不到上学的年龄吗？"希拉的声音又朝玛里传了过来。

"五旬节[①]过后就去上学，"埃尔莎说。

她们离开时，希拉从柜台后走出来，在她们身后准备锁门。"今天早些关门，"她对玛里说。"我也和大家一样下海滩去。"

埃尔莎和玛里回格威福拿好东西，再到突堤尽头的崖石处坐下来时，看到希拉独自坐在海滩的中央，周围是一堆堆的女人和孩子。一群男孩吵吵嚷嚷着，相互追赶着，脚掌落在发烫的砂石上的时候，呲着牙跳了开去。

---

① 即圣灵降临节（Pentecost）。复活节后第50天，是为纪念耶稣复活后差遣圣灵降临而举行的庆祝节日。

"想到下面去泡一泡吗?"埃尔莎对玛里说。她已经站在水中了。"我会紧紧抓着你的。"

但玛里摇了摇头,坐在崖石上不动。埃尔莎潜入水中,消失了很长时间后才又冒了出来,海豚似的泼洒着水。她又一次潜入水中,游开了很长时间。玛里不敢数数,怕自己数到了一百,埃尔莎还不出现在水面上。她把眼睛牢牢地盯在崖石上,崖石边缘紧紧地攀着一簇簇的帽贝,像是鸡尾酒小伞,褪光了颜色只剩下棕色的伞架,粘着崖石苟且求生。

9

在门廊处玛里就能听到厨房里的说话声。她把鞋子脱了下来,放在弗兰克雨靴的靴筒里,没人看得到。她知道如果她轻手轻脚,门不会有什么声响,门上的铰链也不会有什么声响,因为弗兰克喜欢让东西都好好的。礼拜天下午,他替南浓干些杂活,把门环擦得锃亮锃亮的,给门铰链上好油,修好果园前端几处断开的篱笆。她站在门厅里红白条纹的长地毯处,屏住呼吸。

“我告诉过他了，”她听到南浓的声音从厨房门的另一侧传出来。“他得把自己理顺了，否则别人会开始注意到，说闲话的。”

“那要紧吗？”埃尔莎的声音听起来有点尖利。不是她平常和玛里说话的声音。

“是的，当然要紧。”南浓听起来也有点恼怒。“他应当开始另外找个职位。想一想下一步该做什么，如何养活你和玛里。”

埃尔莎没回答。她俩中一个在切蔬菜。湿湿的金属在木头砧板上咚咚咚一下一下地敲击着。

玛里踮着脚尖走上楼梯，避开上去的第五级楼梯。她知道要是她整个身子在上面的话，楼梯就会咯吱作响，一边她又小心地不让脚趾磕在楼梯柱上。她爬上了楼梯，感觉到头发上的水还在滴，但她没有回头去看地毯上有没有留下湿湿的水渍。她穿过楼梯的平台处走进自己的房间，蹑手蹑脚地走了进去，随手关上了门，把印了黄玫瑰的瓷把手转了一整圈，合上了门舌。床一如平日，看起来完美极了。南浓每个礼拜都换床单，亲手铺上干净的，把浆洗好的床单四角铺开去，朝四面压得平平直直的。“瞧，舒服多了，是吧？”她总是这么对玛里说。

玛里把毯子拉起来，爬上了床。她湿漉漉的头发会让干净的枕套湿透的，但她只想埋在重重的毯子底下，才不管这都上午十点了，而她也不该在这儿。吃过早饭后，埃尔莎就送她去了学校，没指望吃中饭之前看到她。

格子窗外面的天蓝得很鲜亮，好看极了，但她还是闭上了眼睛。她努力不哭出来的时候都是这样做的：她在脑海中画一幅香港的画，像是用铅笔画的，再添上色，细细地把边缘都填满，直到对每个细节都满意了。可是，越画越困难了，不管是在赤柱还是在战后的香港，很多事她都记不得了。只有她一遍又一遍地让妈妈讲的某几个故事，才在她的记忆中落实沉淀了下来。但即便如此，她也不肯定自己是不是把这些故事以合适的方式连缀在一起，次序是不是正确，有没有像捏砂饼似的按自己的意愿捏着。加上水，在指尖揉搓着，直到松散的黄色砂砾颜色变深了，粘在了一起，成了自己想要的形状。就是这样。纽基的每个人都是这么对她、埃尔莎和汤米说的：他们真是历经千辛万苦，结局却是幸福美好。人们都说，谁会想得到呢？你们居然还都能找到对方，一起回家来。埃尔莎在香港等了你这么长时间，从来没有放弃过（一边抬眼看了看汤米），怎么也不肯相信你已经死了。多让人感动呐。“是啊，比电影还精彩，”汤米说。

问题是，如果玛里想要记得她见到奥斯卡的最后一天，她就得想起她遇到汤米的第一天，这两件事其实是同一件事，是一件事的开始和结束。

他们懒洋洋地坐在战后的美国俱乐部里。雨季时节，无人在露台上。风雨狠狠地击打着落地玻璃窗。屋子里都是进来暂时避雨的人，却发现自己已经坐了下来，喝上了一杯，就在这儿消磨一个下午了。他们的四周都是人们衣服上的水汽在蒸腾，空气潮湿厚重。埃尔莎坐在玛里的一边，林坐在另一边。

“你是不是觉得没劲了，玛里？”奥斯卡不时地俯下身问她。

“没有，”她说。她说的是真话。虽然她不得不坐在一屋子的大人中间，但有很多以前没有看到过的可以看看，有好多可以想想——人们脸上的神色，活泼愉快的声音。而且，刚吃完一顿丰盛的午餐，吃完后，她要了一杯热巧克力，居然也要到了。她靠在妈妈身上，觉得自己一股子的奶味，昏昏地想睡。他们的谈话停了一会儿，玛里闭上了眼睛。她想和埃尔莎、奥斯卡回到公寓去，在大床上，把自己卷成一个球挤在两人中间。早上醒来时，两人的手指、手臂缠绕在一起，就像是房间里四处散落的裙子、衬衫、上衣，散发着妈妈的香水味。埃尔莎的梳妆台靠墙站着，台子上的冷霜、薰衣草水的盖子都扭曲了，拧不紧。百叶窗的底边轻轻地敲击着窗框。奥斯卡背对着玛里的脸。要是伸出手把他的背心拉开来，背心会变成半透明，她就能看得到他背上的雀斑。他动了一下，玛里转过身又朝向了妈妈。埃尔莎在梦中张开手臂，把玛里拉到了胸前。她的一只乳房从睡衣里露了出来，玛里把拇指含在嘴里，食指放在圆鼓鼓的粉色乳头周围细细的绒毛上，拨拉着，好像埃尔莎的乳头是一只绒毛兔子或是泰迪熊。

可是当玛里再次睁开眼睛时，她不是和埃尔莎、奥斯卡一起在家中的床上。她仍旧坐在美国俱乐部的椅子上。椅面上的包布割开了，里面的一些海绵被挖了出来。都是日本人干的，林说过。日本人都走了，这时是汤米紧紧看着她的脸，他粗大的手指抓着她的头发。

起初他微笑着，像是认识她。

“她有我的卷发，”他说，随后转开身去，拿手背擦着眼睛。埃尔莎和奥斯卡站起身来。林走到玛里身旁，拉起她的手说：“小乖乖，跟我来。”林把她带到隔壁酒吧，让她在旧长沙发上坐下，和她玩了起来。玛里一边透过隔离板的裂缝朝大堂偷偷瞥去。她能隐约看到埃尔莎、奥斯卡和汤米三人，逮住了他们几个大声嚷出来的词。见**鬼啊——我们这是——我妻子——我——料到——我还活着呢**。埃尔莎灰色的眼睛涌满了泪水。林说：“看，快看！”她把一朵折好的纸花放在一杯水里，握着玛里的手，看着纸花在水里绽开，绛紫的圆圈上面点着黄色的花蕊和绿色的叶子。每一次都这样，毫无例外，林说。它们不会不愿意开放的。一碰到水，纸花都会绽开。

玛里试图把零散的片段串起来，编成一个故事，有着像纸花那样完美的快乐结局，但是她做不到。贴在浆得硬硬的枕套上的脑袋又冷又湿。她记得隔板后的声音越来越响。窗玻璃上的雨水一股股地蜿蜒流下。奥斯卡起身走了过来，告诉她，他会有一段时间看不见她了。她把他推开了，因为她累极了，被那个抓她头发的男人弄得很不愉快，她想要妈妈，然后奥斯卡就离开了。

至少，在今天的回想中那天就是这样的。此刻，她看着海鸥往下俯冲着，尖锐的叫声裂帛般撕开天空，飞向在低处房子烟囱管帽里的巢。它们又会起飞，往大海飞去，但她还是能听到一只还不会飞的小海鸥，在路易斯阶地上上下下地走着。它没完没了地尖叫着，一声又一声，直到让玛里觉得一切都不复存在，只有这令人难受的头痛赶也赶不走，从里面抓挠着她的眼球，挤出了眼泪。

她终于哭了出来，大声地哭着。她听到厨房里刀子咣当落在石板台子上的声响，脚步声追赶着上了楼梯。她们走进了屋子，先是南浓然后是埃尔莎。

“怎么回事啊？”南浓听起来很生气。事情发生了，而她居然没有注意到，玛里看得出她为此生气极了。她一定在想她怎么会一点都不知道玛里爬上了床，还躺了这么久，湿头发把干净的床单都弄得透湿。

埃尔莎伸出一只手，摸了摸她的脑袋。

“你生病了？是他们让你回家的吗？”

玛里摇了摇头，继续放声痛哭着，试图盖过外面小海鸥的叫声。

南浓也把手放到了她的头发上。

“天哪！这是怎么回事？”她把脸凑到玛里面前，闻了闻。

“真的是那个吗？”

她看着埃尔莎。

“发生什么了？”南浓问。

埃尔莎一只手放在南浓的手臂上，玛里看得出埃尔莎已经猜到发生的事了。玛里头发上的臭气的确来自学校的厕所。就是学校院子另一头的那座黑砖屋子，一侧写着“女孩”，另一侧写着“男孩”。她进的是“女孩”的那一边，理查还是和艾莉丝跟了进来。他俩把她的头摁在恶臭的水里，上面还浮着棕色的粪块，一直摁到她屏不住气张开嘴，吞了一口脏水，才把她的头拉了起来。他们大笑着，看着她跑走。她跑出了学校的门，一路跑上了路易斯阶地，心里想着，到此为止。

“我不回学校了，”她说。

“可是你总得去哪儿，”南浓忽然反应过来。“快，不要再躺在臭烘烘的床上了。把头发洗了，床单换了。”

“去哪儿？”玛里说。南浓和埃尔莎一起拉着床单，却又像是往相反方向使着力。

“某个地方，”南浓说。

“南浓，”埃尔莎的声音插了进来。“还不到时候。”

南浓清了清嗓子。“好了，今天的荒唐事够了。”

埃尔莎说她头疼，想去躺一会儿。南浓把玛里带到浴室洗头发，用她自己特别配制的醋和蛋黄来护发。之后，她让玛里在厨房的摇椅上抱着猫吃三明治。等到头发干了，她就可以穿上鞋子去突堤，玩到下午茶前回来。

10

埃尔莎和南浓任她关上所有的门，把整个门厅占为己有。格威福和布里斯托裁缝店都有一道从前门直通到后门的细长门厅。虽然两所房子的形状很不一样，但门厅却很相似，都是光滑的黑白砖地面，门上镶着彩花玻璃。

礼拜天下午，他们都在布里斯托裁缝店。吃完中饭收拾完，南浓想给埃尔莎做一件夏装的裙子，要给她量一下尺寸。埃尔莎和南浓在厨房洗碗，洗碗布、茶巾让瓷盘乒乒乓乓的碰撞声柔和了许多。门厅另一侧的客厅里，汤米和弗兰克一言不发地坐着。汤米会是在抽着烟看报纸。他很多时候都是在看报纸。他一定是看得慢极了，从来不翻页，至少玛里把眼睛凑在钥匙孔上看的时候没见他翻过页。

弗兰克总是在做着什么。一旦抽完他那根烟后，他就会起身走到小后院去，用一些碎木料做一个锅子架，或是把糖罐裂开的盖子粘好，蓝白点子的表面上都看不出曾经的裂痕。南浓说他就是非做点什么不可的。她说这话时，满脸的笑容。

而且他还总是能找到点什么。今天早上，他们上教堂的时候，他去了海边，带回来一个茶箱还有一个皮球。他把茶箱放在巴掌大小的后园的棚屋里，把皮球给了玛里，说是她的了。

她用手指抓着皮球，手还太小了点。她在门厅里把球滚来滚去，听着球从一头滚到另一头轻滑的声音，到了头轻轻地撞在门上又弹了回来。

另一侧有人在转动厨房的门把手。玛里追着球跑了过去，一手抓起了球，放在身后。埃尔莎走了出来，端着托盘，上面放着两个茶杯，一只普通的棕色茶壶，还有一个小罐子。

“你要想出去玩的话，隔壁的孩子们在院子里玩，”她说。杯子在茶碟上抖了一下。玛里摇了摇头。她跑过去替妈妈开了门。埃尔莎对她笑了笑，走进了客厅，用脚推上了身后的门。

玛里想要再滚球玩，但她等着埃尔莎出来。埃尔莎的脸泛着红，微笑还留在脸上。等转回厨房的时候，笑容消失了。玛里听得见隔壁家的孩子们在后院里尖声嚷嚷着。那儿有个用长木条做的秋千架，用粗绳挂在一棵小小的苹果树上。他们正在抢着上去荡秋千。小女孩尖声啼哭着。玛里很高兴自己没有兄弟，也没有姐妹，更没有一个像理查那样待在家里的孩子。战后，他妈妈不想要他了，因为她太穷了，而且还有五个孩子要管。而这些却都是玛里一个人的：齐整的地砖，墙上的纹路，还有镶在镜框里挂在墙上的十字绣。靠后门有一张细腿的小高桌。桌子上的小桌巾上摆着一个画着鹦鹉和草木的瓷罐，玛里看不见里面有什么，但她知道弗兰克把手表存放在里面。他会检查银盒上的锁扣合上了，才轻轻地把银盒放进去，免得敲碎了瓷罐。

玛里踮着脚尖，数着地上的方瓷砖，从门厅的一头走到另一头的前门处。这儿的彩花玻璃没有格威福的漂亮。只是两种颜色简单的组合，但也是宝蓝和桑红这两种浓烈的颜色。一个黑色的身影挪过了彩花玻璃，朝门厅投下一道黑色的阴影。她抬起信筒的盖子，尽管她早知道了那人是谁。他长长的影子似乎和他的身材不合比例，像是故事书里的侏儒怪。他戴着顶有帽檐的帽子，穿着一条很宽松的裤子，挂着一只垂在长带子上的小袋子，一个肩头上扛着两张网，一张大的，一张小的，还有一把长柄锤子。虽然天气已经挺热了，他还戴着厚厚的大手套。

是捕鼠人。似乎没有什么缘由，可四处都是老鼠。它们在村礼堂后面玩捉迷藏，像调皮的孩子似的跟在垃圾车的后面，还沿着人行道和马路之间积满尘土的阶沿下端列队走着。它们从海墙里的下水道钻出来。南浓说，是天热的缘故。

天越来越热了，捕鼠人整天追着老鼠跑，也越来越热了。他抹去了脸上的汗水。他用裹着网的锤子击打它们的脑袋，留下一摊摊模糊的血肉。没有雨水，冲也冲不掉。孩子们看到一些爪子和血肉，便用地上捡的树枝去拨，等着它们动起来。等他们以为老鼠真的动起来时，又尖叫着跑开了。

玛里让信筒的盖子咔嗒一声落了下来，捕鼠人桑红的身影逐渐消失了，像是血液被过滤一尽。

朝向客厅的门在她身后打开了。

“来看我们劈柴吗？”弗兰克问道。

她尾随着他和汤米来到院子里。院子小极了，后面有一堵砖墙。隔壁的男孩高高地坐在一棵苹果树上，朝下盯着他们看。

弗兰克取过一些他从浦尔巴赫拿来的散树枝。他把树枝放在一段大树桩上，开始快速地用力一刀一刀地砍了下去。树枝劈开时，他便呼出一口气。汤米靠在门上，把烟从鼻子里呼出来，不断地弹着烟灰。那男孩理查朝弗兰克一把一把地扔着碎石，但弗兰克只是把石子掸走了事。石子在他的脖子后面留下了红色的印子。汤米把烟蒂踩在脚下碾灭了，开始把砍好的木柴放进棚屋里晾干。劈开的树枝闻起来青草似的，甜甜的，饱含着树汁。

玛里抬头看了看理查。他朝她伸出舌头，又朝弗兰克的后脑勺扔了一把碎石。

她转身回了屋，走进厨房。厨房还是一股子他们午饭吃的猪排味，虽然埃尔莎和南浓一直在忙着洗洗刷刷。埃尔莎把格子窗上一半拉了下来，让空气流通一下。

“呵，这样好多了，”她说。

“我们开始了吧，行吗？”南浓说。

“喔，我还真不愿意麻烦。我够穿了。”

“不行的，你有一叠子布票，不用就浪费了呢。来吧，我来替你量一量。到店里来。”

她们三个鱼贯走进店里，谁也没跟玛里说，她不应该跟进来的。店里的百叶窗都拉下了，阴阴凉凉的。她觉得自己像是妈妈的影子，她喜欢这样的感觉。埃尔莎站在镜子前。

“不要跟我不好意思嘛，”南浓说。埃尔莎开始脱去衣服，慢慢地，直到只剩下内衣。她盯着镜中的自己看，像是看着另一个人。南浓转身去拿篮筐里的量衣尺，玛里看到她的手在抖。南浓把量衣尺放在埃尔莎的肩头，语调轻快地说：“来一件漂亮的长连衣裙怎么样？阔腰带，大摆的裙子，大樽领，你知道吧？现在她们都在穿这个样式。”她指了指柜台上打开的带插图的时装杂志。

埃尔莎什么也没说，仍旧看着长镜里的自己。从外面的花园里传来一记笨重的撞击声，像是有谁愤怒地敲打着紧闭的门。

“只是隔壁的那些孩子在玩旧网球，不要管它，”南浓说。“那个男孩真是个讨厌鬼。越早送走他越好。”

“她会受得了吗？”埃尔莎问。

“可怜的艾琳奈德。她太好心了，但她也受够了。”

南浓量了量埃尔莎的胸围，指节敲到了埃尔莎空空的胸腔。她把量衣尺松松地搭着，不压到埃尔莎的皮肤，像是生怕留下印记。她计算着从埃尔莎颈背到膝盖下方的尺寸。玛里在一旁数着埃尔莎支棱出来的骨头，那像是造了一半的船身上的甲板骨架。

第一次南浓没有急着拿话来打破沉默。玛里闭上了眼睛，呼吸着洋溢在她四周的南浓的爱：围裙上干了的蛋汁、炖肝的气息，乳沟处的薰衣草水味，单色朴素的棉布裙下柔软的发烫的丰腴肌肤，触碰着埃尔莎肌肤的指尖上的关爱。

随后，外面响起了一声尖叫声，网球落到地面上的响声，一个女孩哭了起来。玛里睁开眼睛。她跑到了后门廊上。门框一侧鼓胀着有裂痕，她只好使劲地转动把手才把门打开。

汤米站在那儿，举着一把斧子。斧子上滴着血，汤米四周都是木头的碎屑。他们砍柴用的树桩上有一只老鼠，头和身子已经分离了。

玛里听到埃尔莎和南浓也跟着她走过来，但她没法转过身去。她忍不住看着老鼠红色的眼睛，没了脑袋的身子还在抽动着，还有一段蠕虫般粉红的尾巴。汤米和弗兰克也在盯着它看。弗兰克的一只手摸着脖子后面，像是那些红色的小点开始痒了起来。隔壁的院子一个人影都不见了。

玛里站在他们中间——弗兰克，南浓，埃尔莎和汤米——感到快要过去的白天像火烫的花园砖墙一样，向他们围逼过来。

11

玛里知道所有月份的叫法了，威尔士语、英语都能说。不过，有时候她会把两种语言混淆起来，尽管玛里不觉得这是她的错。比如，“July”（七月）怎么可能和“Gorffennaf”是一个意思呢。后者的字面意思是“夏末”，在玛里看来完全不对呀。七月到来的时候，一点也不像是夏天的结束，远远不是。到了八月，仍旧到处是来度假的人，穿着黑色的外套在突堤上散着步。南浓说，那是南边来的矿工。他们在下面晒得又硬又烫的沙滩上铺好毛巾和毯子，脱得只剩下游泳衣。热气烧灼着没有遮掩的皮肤，到了晚上，闻得到一阵阵炉甘石液的气味，药剂吸引着一群群的小飞虫。

八月还有赛舟会——四处招展着缤纷的彩旗和夏装裙子，一股暖暖的微风混合着柏油和棉花糖的气味穿流在人群中。玛里跪坐在放置救生船的棚屋旁，吃着装在柳条篮里的蔫不拉叽的黄瓜三明治，一边看着比赛。赛船船尾抵着船尾力争上游，人们的呐喊声在风中传扬着。玛里脚间湿湿的沙子开始干透了，烫着她脚趾间的皮肤。埃尔莎和南浓用蛋杯喝着一点儿甜甜的棕色液体，喝着喝着她们为周围的海湾在身旁蜿蜒开去的样子而大笑起来，然后靠坐在矗立在沙滩上的崖石暖暖的光滑的一面。她们把帽子盖在脸上睡了过去，风吹起了裙摆。玛里船桅似的笔直地坐在毯子上，把逗留在蛋杯上的黄蜂赶走。她得确保不要在潮水涌上来之前睡着了。

她不想八月结束。因为八月让她和埃尔莎、南浓每时每刻都能在一起，而八月也让汤米离得远远的。他和弗兰克一起在浦尔巴赫把麦草卷成卷，有时也去其他的农场帮忙，这样别人也会来帮他们的忙。她还不想八月结束，因为八月一结束，离她被送到加的夫上学就只有四个礼拜了。

某个礼拜天的下午，南浓把她带到裁缝店里，给她做了一件新的睡衣，上面绣了她的名字缩写：MJ。南浓说，她可不想玛里的衣服在洗衣房里和别的孩子衣服弄混。她告诉玛里加的夫的大商店，又说她和埃尔莎会坐火车来看她的，顺便逛街购物。她们会经常来的。放假的时候，玛里就可以一直待在家里。

南浓提到“家”这个字的时候，玛里发现自己喘不过气来，就像汤米打她的那一天的感觉，但她不再问什么问题了。自从她在厨房的门外听到汤米、弗兰克、埃尔莎和南浓谈论肯尼亚，她就害怕问问题了。那次，她一推门进去，他们都一起不吭声了。她不知道肯尼亚是什么，不知道这是威尔士语还是英语，她从客厅拿了大百科全书查。她把手指放在图片上，那是长着许多刺槐的热带草原。刺槐蓬蓬的羽毛似的树冠像是老妇人的头发。她合上书，闭上眼睛，努力想起在赤柱的场景。和埃尔莎、奥斯卡一起坐在墓地上方的小山上，在地上玩画圈打叉的游戏。不过，虽然奥斯卡就在她脑海中，用树杈在地上画出一个叉，但他却像是百科全书中的斑马和豹子，成了模模糊糊的单色。他的眼睛像是被洗得没有颜色了。

她想，或许是她长大了。七月变成了八月，然后是九月，生活就会变得越来越灰色，不再那么清晰。渐渐地，她不再会记得奥斯卡越来越混浊的脸。

等到八月真的到了尽头，玛里发现没那么简单：一片薄霜像钩编的轻纱覆盖了呈阶梯状的草地，突然天又热了起来。下面海湾里的各种蓝各种绿变得生猛地鲜明起来。南浓管这种天气叫“印第安之夏”。又是一个玛里搞不明白意思的词。但她知道，还没到离开的时候。

埃尔莎和南浓在做黑刺李金酒。她们站在厨房，拿银针戳着黑刺李。所有的东西都摆好了，在吃午饭之前就可以装瓶。低处水槽的一侧是小山般的一堆黑刺李，那是昨天玛里和她们一起沿着新路拎回家的。果子上残留的花托像是发了霉，但这样子要比过早采摘好，南浓这么说。她的手指像是鸟喙似的在灌木丛中伸进伸出，一刻不停地把一把把的黑刺李抛进篮筐。她终于说要休息一下，伸手去拿保温瓶。她们一起坐在草地边，从一个杯子里大口地喝着温温的茶水。她告诉玛里，虽然黑刺李怎么也不会变甜的，但至少第一场霜把果皮下的酸苦打掉了。

玛里用手肘撑在桌上，托起了脑袋。沥水板的另一侧，摆在一块旧茶巾上的是三个空瓶子和里面放了一堆糖的一个盖碗。南浓开始往空瓶子里塞黑刺李，埃尔莎点燃了炉灶。屋子里弥漫起一股姜茶和木材熏烟的气息。

“可不要在这个时候打瞌睡呢，”南浓说，一边轻轻地把玛里的脑袋推出了手掌。她去放炊具碗碟的小间拿了一个篮子过来，放在桌子上。

“蜜李，”她说。“果园里的那些。你去把那两棵大蜜李树上的果子采下来，不要等到熟透了落到地上。”

玛里几乎从来不去挖了防空洞的阶地和后门之间的后园。通常后园都被挂在风中晾干的衣服挡住了，看不见。弗兰克在园子前后两头间又拉了两条晾衣绳，用衣夹夹着的床单垂了下来，齐齐整整的直角。不过，她知道果园在哪儿，穿过后门，就在防空洞的后面。

“你们这儿为什么需要防空洞？”汤米看到时问过。

“斯旺西被空袭了，一半的城市都烧毁了，是不是？”南浓毫不迟疑地回答道。“他们说所有的港口都有危险，连这儿也不例外。”她转身面向埃尔莎。“从浦尔巴赫都能看到映在空中的火光。”

他们现在不需要防空洞了，埃尔莎告诉玛里。不过防空洞还在，在她和果园之间，一垛泥堆，前方是一块波纹状的铁皮，张着一张大口，像是巫师的洞穴。这让她害怕极了。这就是为什么她不喜欢来园子玩的原因。她不喜欢走过这个死气沉沉的泥堆，鬼魂的外廓在床单后面隐隐现现的，模糊不清的影子在风中噗突噗突地响着，像是一卷破损了的新闻胶片。

她撩开还在滴水的床单，上果园去，想要假装那防空洞不在那儿。

“喂，你好。”汤米坐在一棵苹果树下，他的头发被风吹得乱糟糟的。这些日子他吃了南浓做的饭菜，脸圆润起来了，眼珠鼓胀着。

她开始把蜜李从树上采下来。南浓说的没错，有些已经掉在地上了。落在脚下的草地上裂了开来，黄色的果肉像是朝玛里咧嘴笑着，像是萨拉不怀好意的微笑。玛里不想再去浦尔巴赫了。她也不想再被汤米狠揍一顿。她把篮子放在地上，继续采着蜜李。蜜李的颜色是深紫的，比黑刺李的紫更深，几乎是黑色的，而且个头也大多了，玛里只能一个一个地采。

汤米站起身来帮她。他的手动作很快，粗壮的手指和她一样的小心地握着蜜李，放到篮底，免得弄破了。

等到篮子满了，他从她的臂上接了过来，放在苹果树旁边的草地上，坐了下来。

“过来，和我一起坐坐，”他说，拍了拍身旁长了苔藓的一块地方。

他们的视线越过路易斯阶地上的屋顶。湿气透过了裙子，玛里开始觉得屁股湿湿的，她想把自己挪到苹果树拱出地面的一根粗根上。

“今天你可以一路看到斯诺登峰[①]，”汤米说。“很遗憾我没有把望远镜带出来。”

玛里想着她是不是应该去把望远镜取来。她做出起身的样子，但汤米伸出他的一只大手放在她的臂膀上，直到她又靠着树根坐了下来。她往前方看去，远处是阿伯赖伦[②]海岬上刷成亮丽的鲜红明黄的房子，往北去是兰农[③]，一连串高高低低的农舍、教堂小小的，像她摘来做玩偶屋花束的峨参迷你小花，最后是阿伯里斯特威斯[④]长长的海岸，再往前一点是斯诺登尼亚[⑤]的群峰。

树荫下有点冷，她开始后悔没有套上毛衣就跑出来了，假装没听到埃尔莎的声音在她身后从厨房一路跟到果园。

---

① Snowdon，威尔士西北面的著名高峰。

② Aberaeron，位于威尔士锡尔迪金郡的东部，西临卡迪根湾。

③ Llanon，威尔士锡尔迪金郡的小村庄，位于卡迪根湾海岸线上。

④ Aberystwyth，威尔士锡尔迪金郡首府。

⑤ Snowdonia，北威尔士的山脉。其名出自最高的山峰 Snowdon。

“她在那些信里都写些什么？”汤米轻松地问道，好像答案是什么一点都没关系。

“我不知道。”

“你觉得我们怎么才能知道呢？”

“我要去上学了。”

“可能不用去了。要是你能帮我弄清楚她在信里写些什么。”

“怎么弄清楚呢？”

“下次她让你去邮局的时候，你把信拿来给我。”

“那样我就不用离开家了？”

“是的。”

“你保证。你会保证吗？”

“是的，我保证。”

玛里朝大海方向看去。她替布里斯托裁缝店隔壁的那个男孩——理查——觉得难过，因为下个礼拜他就要去卡马森的孤儿院了。这事儿他无能为力，没法改变。他送报纸时，不再吹口哨了，而是把《威尔士新闻报》狠狠地扔进门廊，落到地面上啪的一记重响。

汤米把手从她的手腕上挪开了，她站了起来。

“你会去做吗？”

“会的。”

她拿起篮子，在晾着的床单间穿来穿去走回屋去。

她的鞋底仍旧被果园的湿气浸得湿湿的。还没摔倒前她就知道自己要摔倒了。不是什么东西绊住了脚，而是在一级石阶上滑倒了，双膝着地跪在了后园的地面上。她看到篮子从手上掉了下去，滚到屋后，蜜李从篮子里飞了出去。有些落在了厨房的窗子上，窗子上溅上了果汁。她想着埃尔莎怎么还不离开水槽，打开后门看看她怎么样了。玛里仍旧跪在地上，透过被果汁弄花的窗子往里看她妈妈。可是，埃尔莎不是在洗黑刺李，也没有戳了果子放进金酒里。她弯着身子，两手抓着身体两侧，往水槽里呕吐。南浓站在一旁，一手紧紧地搂着她，越过玛里的脑袋往前方看着，根本没有注意到草地上裂开的蜜李的丑脸。

12

南浓和埃尔莎的情绪很怪。两人在厨房桌上忙乎着一些吃剩的东西，不时地抬头看看灶头上的钟。南浓说她们要开车去兰彼得[①]。埃尔莎问及汽油票时，南浓说今天就不管什么汽油票了。

① Lampeter，锡尔迪金郡的一个城市，位于威尔士西南部。

“我一起去吗？”玛里问道。

“什么？”南浓说。她正忙着从碗柜上的水罐里拿出一卷钱来数着。她取出几张放进皮夹，剩下的放回了水罐。“是的，是的，当然。等你吃完面包，就去把外套穿好一起去。”

玛里跑向门厅里的衣钩处，一边拿手背擦着嘴。她在门口的路边等着埃尔莎和南浓准备好，等了很久。她听得到阶地再往上一点的一间屋子里，一架无线电正发出哔哔啵啵的响声，有谁朝海湾的方向大声喊着，但当她靠在墙上往下看时，除了下方的屋顶和深蓝的海什么都看不到。

南浓和埃尔莎走出了屋子，抹了口红戴着墨镜，像是从照片上走出来的人。南浓坐上驾驶位，埃尔莎坐在一旁，玛里坐在后座。玛里也可以躺下来睡一觉，但她不觉得困，所以就坐着往窗外看。

南浓朝站在路易斯阶地和沃特街相交处的一个女人挥了挥戴着手套的手。女人张着嘴往车窗里看。“今天出门玩去啊？”她大声说。

“是啊，出门玩一天，”南浓也笑着对她说。

那女人张着嘴还想说什么，但南浓已经踩下了油门，上了沃特街。车子发动的声响盖过了那女人说的话。她们爬上了山，玛里转回身，一手搭在皮椅背上，从后车窗看去，她只看到在一团脏乎乎的尾气下，伸着那个女人的脚踝和鞋子。

“没有谁能比你让我更开心了，南浓，”埃尔莎说。

"她活该。"

南浓又随意地挥了挥手。玛里抓住了车门上的把手，以防她们撞进树篱中去。她们经过了墓地大门下方的一幢房子。房子的前院里有一个铁丝网，就像果园里弗兰克替南浓做的养母鸡用的鸡笼。玛里把脸贴在玻璃上，想看到笼子里那只宠物猴，它那张满是皱纹的悲伤的脸，但笼子里空空的什么也没有。

"可能今天天太冷了，不能把它放到室外来，"没等玛里发问，埃尔莎就说。她说话的调子让玛里觉得，妈妈不想多说话了。于是她紧紧靠着椅背坐着，从某个角度往窗外的世界看着。墓地的紫杉树篱时隐时现，树木和烟囱管帽渐渐都消失了，直到只有她的脸映在玻璃窗上，在天上穿行。到了山顶的路上，树枝都光秃秃的，被风吹得折了起来。等车子开始往下冲去时，公路和山谷间点缀着羊群的平坦的草地一时向前一时往后地倾斜着。她们像是坐在船里，卷进了一波未曾预见的大浪中，把她们高高地推到了半空中。不过，没多久，她们周围的绿色海洋变得风平浪静起来，房舍在窗外快速地飞过，起初速度快极了，继而慢了下来，直到车子在一条街上停了下来。街道的一侧全是商店，另一侧是一面高高的砂岩墙和一扇黑锻铁的大门。车子发动机的声响歇了下来，南浓叹了口气，靠坐回椅子上。她的花呢外套在皮面上滑来滑去。她的身体重心挪移时，皮椅发出打嗝似的粗鲁的声音，但她没有留意。

"趁着人还不多，我们去吉诺家的餐馆怎么样？"她对埃尔莎说。

"好的，去吧，"埃尔莎微笑着说。

餐馆里面全是大理石和镜子。柜台后面站着一个高个子的男人，穿着衬衫打着领带，系着一条普通的白色围裙。他朝她们开心地笑着，像是一直在等候她们的到来。

"你好，吉诺，"南浓说。

"真是大惊喜呢，"男人用一种不连贯的声音说道。"上一次见到我们从纽基来的朋友都是很久前的事了。来，请到窗边的位子坐下。"

埃尔莎和玛里面对面坐下，南浓面朝着外面的街道。玛里看着吉诺的秃顶在镜子中移动着，还有墙上贴着的大张着嘴的歌剧演员。南浓叹了口气，把手臂在桌上伸了开来。

"多好呀，出门玩上一天。"她说。

"请，"吉诺说。他在桌上摆出两套小小的厚瓷杯碟，把糖罐从桌子中央朝南浓移了移。他又走回柜台，拿来一盘子切好的三明治，还有一个装满了像是碎冰的高玻璃杯，上面洒着些黑莓。

"这位小姐，请尝尝当季水果做的冰沙。这可是我们的新方子呢。"

"你该说什么呢，玛里？"南浓说。

"谢谢你，"她说，眼睛瞟着开始陷入化开的冰沙里的黑莓。她拿起一柄一起送来的长勺，马上吃了起来。果子冷冷的酸味刺痛了她的嘴，但果子滋润沁甜，比巧克力还好吃。

南浓往咖啡里搅拌着一勺子的糖。吉诺已经回到了柜台后边，在靠墙的水槽边洗着杯子。埃尔莎盯视着大理石台面上的灰色纹路。

“怎么啦？”南浓对她说。“我要好好款待一下你们俩。我要给玛里买一个像样的旅行箱，可以上学用的，而且你可以挑点你自己喜欢的——或许来个小手提箱？铁匠隔壁的那家店里有一些漂亮的真皮小手提箱。出国旅行又漂亮又轻便。”她对着窗外朝高街径直看去。“我想，至少玛里的东西我都准备好了。或许可以再备些手帕。”

“我无法阻止这件事，是不是？”埃尔莎说。“一点也没办法。”

玛里把勺子插进冰沙，把黏黏的中心挖了出来。她举了起来仔细看了看压碎的果子的细粒，才放进嘴里去。

“你吃完了吗？”南浓问玛里。她还没吃完，但还是把身子从桌前挪开了。

“出去玩一会儿，呼吸一下新鲜的空气，宝贝儿[①]，”南浓说，起身替玛里穿上灰色的新校服，包得暖暖的不让她冻着了。“到喷泉旁边去，坐在那儿的长椅上，等南浓过来接你。好姑娘。”她用手摸了摸玛里的前额和后脑勺，揉了揉她的头发，又坐了回去，两只手捧着小小的咖啡杯。她的外套还搭在肩膀上。

吉诺大声朝着厨房喊着客人点的菜。

“千层面……炖汤，……烤面包加火腿片。”

---

① 原文为威尔士语。

玛里穿过街道，看着喷泉。黑色的石头让流动的水看起来也是黑乎乎的，但她想知道这水尝起来是什么味道，便用两手捧起来喝了一口，任水在嘴角两侧流了下来。她往后退了退，想读读喷泉上面刻的字。上面好几个词看起来很陌生，所以读得很慢：凡喝这水的还要再渴；人若喝我所赐的水就永远不渴[①]。她把手放在刻字上面，从上往下沿着字迹画着，仿佛是她自己写出的这行字来。她不知道这个“凡”字是什么意思。她转头看了看吉诺家。南浓已经把咖啡杯放回了碟子，推到了一边。她的脸被埃尔莎挡住了，玛里看不见。埃尔莎的肩膀上下抽动着。

玛里跑到街道的另一侧，推开了餐馆的门。

“我向上帝发誓，”埃尔莎大声说，一边拿手帕在脸上擦着，把化的妆抹得满脸都是，眼睛下黑圈的颜色像是黑莓酱。“要是我能把它像个小狗似的淹死，我真会这么做的。”

“你要知道，有人为了得到个娃娃，杀人的事都会去干的，”南浓说。

她们身后的吉诺重重地关上了收银机。南浓抬起头，看到玛里。她脸上严肃的神情没有变化，但她伸出了一只手臂，玛里朝她跑去。

“好了，”她大声说道，手臂紧紧地抱着穿着新外套的玛里。“该让我们的朋友吉诺过来收拾桌子了，我们也该继续购物了。”

---

① 出自《约翰福音》。

整个下午南浓和埃尔莎就在把玩着旅行箱和帽盒，对着可折叠的衣架和可伸缩的拉手啧啧赞叹。玛里一直站在商店的窗前，看着对街铁门另一边的游戏场。几个大学女生拿着长曲棍球的杆子追着一只球，相互大声嚷嚷着，光着的腿冻得红红的。

等到所有该做的事都做完了后，下午的空气已经变得浓稠起来，成了薄雾。南浓说，她们应该上路回家了。她们经过游戏场时，埃尔莎停下来看女生们的无袖制服裙在阴影里倏忽地一隐一现。

“快走吧，”南浓说着抓住了她的手臂。

玛里跟在她们后面朝汽车走去。她把一只手插进新衣服的口袋里，摸了摸里面信封硬硬的尖角，确认信还安安全全在那儿。信封上写着奥斯卡的名字，等到汤米提起的时候，她就会给他。

13

她会假装没什么异样。她会和南浓、埃尔莎一起走过村礼堂到教堂去。等到她们在主日学校的门口留下她继续往前走去时，她会等一会儿，假装把手绢放回自己的口袋。一旦等她们消失在山顶上的折门内，她就会转身，沿着小路往下走回路易斯阶地。她会自己推开门走进格威福的，因为门只是上了门闩。她会直接走进厨房，而他会在那儿等着她给他这封信的。最糟糕的也就是因为没去上主日学校被批评一顿。而且即便她们发现，也不会太小题大做的，毕竟她们以为这是她最后一个礼拜天了。她们还不知道她不会走。只有汤米知道。

“玛里！”埃尔莎朝楼梯上喊着。玛里让纸花落在一个装了水的碟子里，看着花瓣一片一片地打开来。她把碟子拿到窗子边的梳妆台上。就是纸花也会需要阳光的。林在她的回信里是这么说的。如果玛里好好照看它们的话，能开上很长很长时间，就像真花一样。可能还更长呢。可能永永远远不凋零。永永远远。阿门。

“玛里，快点下来！”南浓大声吼道。南浓可不只是对某些人说英语，比如学校的老师、外地来的游客。有时候处在某些情绪时，她也会说英语。但威尔士语，她只留给送牛奶的人、调皮捣蛋的孩子，还有深夜坐在玛里卧室织锦墙纸的另一侧和埃尔莎聊天时。南浓急得等不了时也会用威尔士语：“快下来，否则我们就不等你了！[1]”玛里跑下了楼，她可不愿被独自留下。

埃尔莎握着她的手，快步走着，像是想要把这事了结了。埃尔

① 原文为威尔士语。

莎不喜欢上教堂，玛里知道的。但她还是会去，因为她们不得不去，因为别人都去。连弗兰克现在都上教堂了。他穿着三件套的西装，银表稳稳妥妥地放在外套的胸袋里，和牧师握着手。汤米也会去，但他和谁都不说话，什么都不说，整个礼拜仪式连像弗兰克那样动动嘴都不做。不过他今天不去。南浓告诉玛里今天汤米待在家里不上教堂，因为他感冒严重极了，玛里看着南浓拱起的眉毛，心想，我知道的。

“别人都开始猜疑起来了，”埃尔莎越过玛里的头对南浓说。“我没法去面对那些客客气气的聊天。今天做不了。”

“呃．要想不注意挺难的。这条裙子已经没有余地再放出来了。”

“我知道。我只是想着我告诉奥斯卡的时候……”

“你以为他会来接你吗？”

“我没那么想，但我以为他至少会来帮我把它搞掉的。”

“你知道你并不是真心那么想的，不是的。”

南浓停了下来，把手放在埃尔莎的肚子上，把手指张了开来，像是在感觉着什么东西。

“肚子开始明显起来了，”她说。

埃尔莎没有接话。

“怎么了？”南浓问，一边把手从埃尔莎鼓起的肚子上放了下来，重新戴上了手套。

南浓伸出手臂搂住埃尔莎的后背，像是她走路时需要有人扶着似的。

“你看，”她对埃尔莎说。“要是奥斯卡连信都不回，有什么必要想什么如果啊可能啊之类的？”

玛里努力跟在后面赶着路，口袋里的信封擦着外套的衬里沙沙地响着。她们很快地走过了村礼堂。见到一个穿着漂亮的毛围领米色大衣的女人，她朝她们快步走了过来，像是一直在等她们。她的手里握着一个鳄鱼皮做的手袋。玛里不喜欢那种粗糙的皮面，说不清哪儿是她的手，哪儿是她的袋子。

“啊，埃尔莎，真是好消息呐，我都听说了。你一定高兴极了，经过了那些日子。”

南浓拽住了女人的胳膊。

“你呢，玛格丽塔？”她说。“我听说阿尔菲下个礼拜回来。他有多久没回来了？”

女人兴冲冲地回答了。南浓和她一起朝教堂走去。埃尔莎把玛里的脸捧在手里，长长地吻了她。那吻一半落在她的脸颊上，一半落在她的唇上，一股子香水味。

“去吧，”她说。

玛里第一次回头看的时候，埃尔莎还站在教堂的门口，四下看着，像是丢了什么东西，或是把什么东西忘在家里了，可能是一只手套，也可能是她的祷告书，正想着是不是要回家去取。玛里等了一会儿。等她再次回头看时，埃尔莎已经不见了。

玛里没有像汤米嘱咐她的那样，转身沿路朝下走回去。要是她那么做，有人可能会看到她，然后告诉埃尔莎或南浓的。她绕过主日学校的侧墙，走到后面的林子里。她弯腰穿过篱笆上的破洞，往前走着。她感觉自己像是故事里的男孩，拿着一杆气枪走进森林去猎狼。弗兰克给她读这个故事的时候，声音低沉得像是巴松管[①]。她觉得自己很安全，一点都不怕，因为她知道他不会乱来的，不会捉弄她，也不会用古怪的声音试着让她发笑的。他只会把故事从头读到尾，慢慢地清楚地念出每一个字，等着他俩一起明白句子完整的意思。他会让她迷失在危险的草原上，享受着其中的惊险，一边又明白万事该了结的时候自然会了结的。狼不会把那只鸭子吃了，不是真的吃了。等他合上书，他总是给玛里吹上一支小曲，对她说那是小鸟在告诉她，从此以后，每个人都会幸福快乐地生活着。

所以当玛里抬起一条腿跨过篱笆处的台阶时，她兴奋极了。她一手举过头顶，把拇指和食指摆成来复枪的架势，大声叫道“嘭！嘭！”就像她在沙滩上看到的那些玩耍的男孩。他们不断地开着枪，又假装倒在地上死去。

橡树和悬铃木树下堆积的落叶差不多齐了脚踝，她只好一路踢

① 即大管，双簧片的低音管乐器。

着树叶走，步子慢了许多。她听到其中一棵树上有一阵唧唧的叫声，想着这是不是故事里的那只鸟，但等她抬头看时，鸟已经飞走了。透过光秃秃的树枝，半空中飘着一张边缘凹凸不平的纸，在她的头顶盘旋着。是秃鹫。她在格威福的果园里看到过它们朝着田鼠俯冲下来。

几乎所有的树都是光秃秃的，但互相间靠得紧密。头顶上方好几处树枝交错着虬结起来，使她几乎什么都看不见了。前方的路上有一束毛绒绒的银色窜过。她又停了下来。她知道那不过是只狐狸，但感觉却像是凶兆。她开始跑了起来，脚跟落在堆积得很结实的落叶堆上，发出很大的声响。树林消失了，她来到通往墓地的路边，沿着空空的街道朝格威福跑去。

她走进屋子叫着“喂”，门在她身后嘭的一声关上了，但没人应答。她经过客厅时，还记得往门里看了一眼那只钉了木条加固的箱子，心想，**我不再需要它了**。等南浓知道玛里不走了，她得把里面的东西取出来。

厨房里，汤米坐在桌旁睡着了。

她咳了一下。

他惊了一下，猛然坐了起来，一脸的惊恐，木桌上的疤痕印入了他的前额。玛里算不出这幢屋子的年岁有多少印在了他的脸上。他跳了起来，往门后看了看，把门重重地关上了。

随后他变得愤怒起来，指了指墙上的钟。

“你到底去哪儿了？这下她们马上就要回来了。”

“我迷路了，”她轻声说。

“好吧。在哪儿？快给我。”

“什么？”她说。故事里男孩有没有把他的气枪留在了草原上？她努力地想回忆起弗兰克带她去村礼堂看的卡通片。男孩迈着大步走回家时，弗兰克粗壮的手臂搂着她的肩。狼没有把那只鸭子吃了，不是真的吃了。

汤米的脸又大又紫，紧紧地凑在她的脸前。

“信，”他说。“我要那封信。”

玛里随即想了起来。她要给他那封妈妈写给奥斯卡的信。那封妈妈让她去邮局寄但她没有去寄的信。她把手伸进口袋。等她把手再拿出来时，手里却是空空的。不可能掉出来。不可能的。

“该死的，到底——在——哪儿？”他大吼道。然后他看到她的眼睛越过他的肩头看着后方，他转过身去。弗兰克正经过窗口，皱着眉头往里看。他的嘴巴张着，像是在说：“啊？”然后她听到他的手放在了门把手上。都会好好的，她心想，因为弗兰克马上会进门来的。

“都会好好的，是不是，弗兰克姨父？”她大声叫道。

门把手一阵响动，但又停了下来。

汤米转头看她。他的口气里一股子奶酪皮的气味。

“弗兰克姨父？”她又大声叫道。

门把手没有再动。

汤米从她身边走开，过去打开了屋后通往石板地院子的后门。弗兰克的身体摔倒在地上，像床单似的叠了起来。他的脸朝下。他说了句什么，但她听不清楚是什么，然后他就不吭声了。花园尽头的一棵树上，一只黑鸟在聒噪着，也可能是知更鸟。她听得到埃尔莎和南浓正朝后门走来，和平时一样地说着话，一个还没说完话另一个就接了上来，然后叹口气，再重新说过。她们还不知道弗兰克已经死了。

14

玛里问，为什么弗兰克会死在厨房的门外，埃尔莎说是因为他的心脏。

南浓带玛里去了一趟邮局，往盖尔斯卡斯街 38 号发了一封电报。南浓说，玛里不许对汤米说一个字，否则的话，让她尝尝南浓的巴掌。

她们坐在突堤的尽头，南浓、埃尔莎和玛里三人，等着男人们从墓地回来，然后他们可以一起去彭威戈饭店用茶。南浓和埃尔莎看起来像极了，两人的嘴角都往下垂着。南浓比以前瘦了，而埃尔莎胖了一点。她们背对着大海面朝着三层的阶地坐着。没有太阳，房舍像是被抽干了颜色。连码头上的石头也显得黑乎乎的呆滞无光。海湾里的海水和上面漂着的浮标灰灰的，沉沉的，像是被南浓毫无表情的脸冻僵了。大风把她们嘴里的话吹了出来，在她们周围浮动着，最终连南浓都不说话了。

玛里沿着突堤朝饭店看去。南浓说过，从墓地回来的男人到了时，老板娘会把灯打开，让南浓知道可以上饭店用茶了。老旧的收费牌下面湿漉漉的石板地上有什么忽明忽暗的在闪动。玛里起初以为是从饭店落下来的灯光，也可能是现在天色暗得早了，哪个男孩在玩手电筒。但它不断地闪动着，沿着突堤朝她们移过来。随着亮点的移动，周边的空气像是大门慢慢地敞了开来。她又能听到大海的潮声和头顶海鸥的嘶鸣了。闪动的亮点朝她们过来了，渐渐显了形，从一套黑色的西装和一双黑色的上光皮鞋里长出了胳膊和腿，还有挥舞着的手臂，长了像生锈的波纹铁皮般的头发的脑袋，满是雀斑的脸，还有一张嘴，声声叫唤着“玛里，玛里”。脑袋、腿和挥舞的手臂，单单这些对她来说都是全然陌生的，但那声音，她再熟悉不过了。她开始朝着声音跑去。她听得见南浓和埃尔莎飞快地走在她后面。她听到埃尔莎发出一种她听到过但却说不出的声音。她跑着的时候，感觉到弗兰克的银表在她的外套口袋里滴答滴答地走动着。那些分隔着她和奥斯卡的分分秒秒，慢慢地，慢慢地开始倒计时，直到再也没有时间让她等待。

1996年，伦敦

埃尔莎在睡梦中进进又出出，一边拽拉着鸭绒被。房舍、不同的脸、相册和成套的餐具咣当咣当地闪了过去，像是被放在送茶的推车上一路推着在走。而她也随着它们抖颤着，直到又落回了医院的床上。

她看到了丽兹，在维多利亚车站坐在她的旅行箱上哭着。她摸了摸丽兹的肩。“回家了，你难道不高兴吗？”

丽兹抬头看她。她的脸仍旧晒得黑黑的，尽管她们坐船离开香港都已经有好几个礼拜了。

“这是家吗？”她说。她朝四下做了个手势，指了指站台对面拖长了声音叫卖着《伦敦晚旗报》的男人。那人四下转着身子看着，但又不是具体在看谁。各式的鞋跟脚掌敲击着地面紧贴着他响了过去，赶着去坐地铁。有些人走过时，往他身上塞了个硬币，把报纸卷起来夹在腋下。“《晚旗报》！”什么都是灰蒙蒙的：他的声音，他们的脸，报纸。如果不是为了奥斯卡，她不会来这儿的，她情愿待在香港。

各种人脸如灰色的潮水，朝她涌过来又流了过去，经过丽兹坐的地方后，留下了一团模模糊糊的脏污。但她已经失去奥斯卡了，她突然意识到这一点，吓了一跳。

她有的是汤米和玛里。他们要回纽基的家。他们走向站台时，汤米快速地和她说着话，语气尖利。玛里跟在后面，带着哭腔大声叫着，“等等我！等等我！”声音里透着焦虑与恐惧。

他以为给她买了一双麂皮手套就能买回她的心吗？埃尔莎的指尖拉着医院的薄毯，又摇了摇头。她看到自己和汤米一起上了火车，在餐车里找了个位子坐下。两人仍旧争执着，一个小人站在他们后面，低着头，没有再呜呜哭泣了。

“玛里，”她说。

“玛里怎么了？”

是个男人的声音，但不是汤米的。那声音高高兴兴的，努力想显得高高兴兴的声音。汤米已经去世了。新闻上说是在肯尼亚以全套海军盛礼下葬的，留下了他第二任妻子。

埃尔莎睁开眼睛。有个男人坐在一把塑料椅子上。他把驼绒大衣脱了下来，挂在椅背上，但他还围着围巾。蓝色很配他满是皱纹和斑点的脸，还有他的白发。

“她在大学里学的是时装设计，你知道的。”她都想起来了。

“是的，埃尔莎亲爱的。”

“南浓骄傲极了，说都是她的功劳。没准儿她是对的。”

她又看了男人一眼，想要他同意，看看她说的话对不对。他同意了，很快地点了点头，但他看起来疲倦极了，一只手掌往下摩挲着脸。埃尔莎记得玛里毕业典礼的那天，艺术馆外面街道上的喧闹和亮光，还有紧紧挤在一起的人群。他们围着玛里设计的时装，她听着他们说话。“年轻的女士，接下来你打算做什么呢？”有人问玛里。她站在那儿，一手叉在胯上，穿着一条连身花呢短裙，后背装着一条拉链，大胆地露出大半个颈背。“我当然打算在国王大道上开个时装店啰。”玛里的声音听起来年轻极了，比埃尔莎记忆中的还年轻。

“玛里在哪儿呢？”她说。“我一直想给她打电话来着。”

男人咳嗽了一声，把一只手搁在了她的手上。他的手腕和手指上尽是晒斑，指甲却干净整齐。她喜欢他的皮肤的感觉。

“她总是那样子，”他说。

“谁？”埃尔莎说，然后她看到了他。坐在床另一边的年轻男子。她不由自主地提起了一只手，像是看到了一个鬼魂，又像是新年前夜为了好玩，披挂着扎了彩色缎带的床单的男人，一匹从黑夜中跳出来进入她梦境的“灰色玛里”。

“汤米？”

坐在床另一侧椅子里的男人身材健硕，浓眉大眼，嘴唇阔大性感，是那类会被女人蜂拥追随的男人。他靠坐在椅背上，一条腿架在另一条腿的膝盖上，看起来挺有钱的样子。他的眼睛是深蓝色的，富有弹性的头发耸在头顶上。屋子太小，而他太大。他穿着昂贵的衣服，戴着一只金表。劳力士，汤米一直想要块劳力士来着。

“不是，妈妈，”他不耐烦地说。

“不是，不是，不是，”年老的男人说，他握着她手的手紧了紧。

“这些日子，她混乱极了，”他对着床对面说，然后又用一种她知道不是他自己的、开玩笑的轻快声音对她说：“是欧文。他从香港过来，才下了飞机。”

“欧文，”她说。她的嘴里含着词，但脑子却还不知道怎么办才好。她把这个词在脑子里转来转去，细细地找着线索。一缕奶味，黑乎乎的夜里黑乎乎的房间，没有其他人，只有她和他，还有盖尔斯卡斯街转角处的路灯透过单层的窗帘照进来。玛里和奥斯卡睡在隔壁的房间里。她蹑手蹑脚走进去时，会看到两人的脸都朝向了她。她爬上床时，仍旧能感受到睡衣上湿漉漉的两摊。在睡梦中听到了欧文的哭声，奶就从乳头喷了出来。

“不要难过了，妈妈，”年轻男人说。“我给你带来好多礼物呢。”

“林怎样了？”她轻声问。

但他似乎没有听到她说话。他开口，这个帅气却紧张的男人。他继续说着，像是不敢停下来似的。说着他的新工作，办公室是在九龙二十七层的高楼上，他的华人妻子。她记起在贝尔蒙斯顿路上的意大利咖啡店里和他一起吃冰淇淋。她穿着她最好的外套，好像是庆祝什么特别的事。是一次数学考试。冰淇淋上面插着扇形的华夫饼。

“冰淇淋，”她说。“树莓冰淇淋。”

他看起来像是扫了兴。或许他原本等着她说些别的什么。

老年男人拍了拍她的手，但他拍手的方式让她害怕起来。

“麻烦你把我的东西理一理，行吗，亲爱的？”她说。他撑在手杖上站了起来，指节的骨头在他薄薄的苍白皮肤下使着力。

“坐下吧，爸爸，”年轻男人说。“我来吧。”

他站在埃尔莎上方，挡住了亮光。他拨弄着锁扣，直到啪的一声弹了开来。他把她的东西小心翼翼地装了进去：手绢、护照、扑克牌。等他俯身靠向埃尔莎的时候，她又感觉到了那股子内心的纠结。

“林一直爱你们两个的，你和玛里，”他坐下去时，她这么说道。

白发的老年男人越过病床看向欧文。

“她是说梅姨，”他说。

林，梅。林。“是的，”她说。埃尔莎看见了靠近伊灵大道地铁站[①]的旅店。旅店俯瞰着一片绿草地，挂着罗兰爱思的窗帘，餐厅里放着亮面烤漆的家具，以前都是那么优雅柔和。林投下了她所有的储蓄，埃尔莎和奥斯卡又帮了她一点。现在隔壁的公寓，那些人没日没夜地玩着震天响的音乐，所有的窗子都上了锁。林雇了几个从香港来的留学生，帮她准备早饭，换换床单。她在摆满了相框的写字台上给住店客人写着账单。她喜欢客人指着相框，问她各种各样的问题。照片里的蓝已经岁数不小了，剪短了头发。她站在西雅图一幢房子的外面，身旁靠着两个梳着辫子缺了牙齿的小姑娘。林自

---

① Ealing Broadway，伦敦西部伊灵区的主要地铁站。

己的照片是汤米帮她拍的。她站在阳台上，手臂里抱着玛里，两人的脸贴得紧紧的。如果有人想有个圆满的收梢，知道整个故事，指着魏的相片问，林会犹疑一下，简单地说："是他教会我怎么写字的。"

"林在哪儿？"埃尔莎说。"我想见见她。"

"等一下。"老年男人向欧文伸手要扑克牌。埃尔莎看着他把牌拿出来开始洗牌。

"想玩一局？"他对她说。

"哦，好啊。"她在床上坐了起来，兴奋得很，像是不再感觉到后背的疼痛。

"你想玩什么呢？"他看起来很开心。她喜欢看到他开心。

"惠斯特？"

"桥牌怎么样？"他说。她看了看扑克牌印着花纹的光泽背面，像是扑克牌会告诉她该怎么回答。

"好主意呀，桥牌，"她拍着手说。"就像是以前那会儿。"

她把两侧的头发压平捋顺了。他们俩都朝她挪了挪椅子，她对他们笑了笑。

"好，"她说，拿过扑克牌娴熟地洗了起来，切了再叠，叠了又切，把牌在被子上分成两堆放好，又把牌拿起来切切叠叠了一番。

"我们需要四个人。"

见没人回答，她不耐烦地抬起头来。从走廊尽头的备菜厨房里传出来一声碎裂声，让她想到了玛吉。门打开时，她说：“玛吉，是你吧。我本来就指望着你会进来，和我们玩上一局桥牌呢。”

“妈妈，你都在说些什么呀？”

“你不是玛吉吗？”她问道。那女人有着玛吉的体形，衣服包得严严实实的，头发颜色很鲜艳。但衣服的样式不对，看上去太昂贵了，而且也不是绿色的工作服。而且她也没有玛吉身上的那副精明样。她灰色的眼睛，拱起的眉毛，看起来有点像南浓，埃尔莎这下子想起来了。虽然她那一大蓬头发显然是汤米的。

“玛里，”她叫道。女人走过来，坐到床沿上，伸出手臂环住了她。

南浓的信一封都没有留下来，但奥斯卡的电报留下来了。为了让埃尔莎高兴，他下班后去办公室给南浓发了封电报，让她尽早得到消息。**玛里·哈夫·琼斯，6 磅 13 盎司，生于 1941 年 3 月 1 日下午 12 点 10 分。母女平安**。它辗转了三个大洲半个世纪，最后的终点是格威福食物储藏室里南浓的日用烹调笔记。每个食谱都是用她独特的笔迹手写的，横线纸上有些地方粘着报纸上杂志上剪下来的图片和贴士，把笔记本挤得鼓鼓囊囊的。那张电报仍旧在那儿，夹在笔记本的中间，在面包布丁和午餐肉土豆泥的菜谱之间。

“他们对你还好吧，妈妈？”

玛里的威尔士语让埃尔莎想起了自己年轻的时候，缩短了的元音、音变四处乱跑，毫不讲究，一样的腔调。国王大道上的商店虽然经营得很不错，但玛里还是把店卖了回家去了，回到了纽基。南浓过世后，她继承了布里斯托裁缝店，把它变成了一家小时装店。现在有一半的房子都是度假房了，新路下方的田野里停满了活动住房，但那儿还是挺适合玛里的。她喜欢做些埃尔莎和南浓以前常做的事：在湿润的秋日下午去采了黑刺李，然后点起炉火，把湿气烘干；让西红柿细长的茎在格威福的后墙上爬得高高的，细细地照看着，直到西红柿长得沉甸甸红彤彤的，闻起来和吃起来一样的香。还有缝纫。她总是坐在缝纫机旁，总是从南浓那儿继承来的旧花样旧布料里做出新的东西来。她着迷似的把这些东西收集起来堆在四周，像是它们能够代替南浓的爱，围绕着她。

南浓葬礼的那天，她在格威福里走动着，看到核桃木梳妆台上还放着南浓的东西，浴室里的毛巾架上还挂着她已经晾干的洗脸巾，帽架中央插着弗兰克的照片，让她心如刀绞。南浓自然把屋子留给了玛里，但玛里从来没有找来个丈夫生些孩子把屋子填满。埃尔莎和南浓在的时候屋子是怎样的，她维持原状一点没改变过。厨房的碗柜里还放着同样的瓦罐，门厅里还垂着一样的彩色玻璃灯罩。那可是从希腊的比雷埃夫斯[①]来的，埃尔莎告诉她。不是她自己的父亲，是她父亲的父亲带回来的。不过一直都是她妈妈在擦这个灯罩，从来不抱怨。她搬过一把容易爬上去的平凳面木椅，拿把鸡毛掸子前前后后地掸着

① Piraeus，希腊的重要港口，位于首都雅典的西南部。

灯罩上方铅制的灯架，灰尘都落了下来，落在她的肩头上。

“你觉得格威福会变成什么样的呢？”埃尔莎问道，让牌从她手中滑落到鸭绒被上，散成了不齐整的彩虹拱形。

他们三个围绕着她，安抚着她，让她不要担忧。格威福没事儿，他们连着说。她一句话都插不进去。其实她想说的是，要是他们都死了，格威福会变成什么样呢？去年冬天，不是附近又有一幢房子倒了，坠入了悬崖？不是至少还有一打的房子，花园的墙上都出现了裂缝和豁口的大洞，沿着草坪一直延伸进了屋子？一旦这些房子都坠入了悬崖，玛里和欧文加起来所留下的那点儿威尔士也会不见了。

奥斯卡柔和的脸看起来筋疲力尽。

“还打桥牌吗？”埃尔莎说着收起了扑克牌。

他打起精神发了牌。欧文坐在床脚，她的对面。“我们叫牌吗？”他问道。不知道是什么——或许是他肘部的角度，或许是他看着她的牌背面的样子——让她觉得这可能是个星期天的下午，在盖尔斯卡斯街38号的客厅里。欧文七岁，对数字已经很敏锐了。欧文和她总是一起搭对，和玛里、奥斯卡对打。就是这样才行。二二得四。雨水流过檐沟，流下窗外的下水管，哗哗地响着。原来窗外是雨水的声响，还有刚刚出炉的滚烫的奶酪司康饼，燃气火炉的嘶嘶声。

“奥斯卡！”埃尔莎说，一边把手捂在了嘴上。“你离开前，有没有把火炉关掉？”她总是担心燃气。

他痛苦地立起身来，支在手杖上，在她的脸颊上亲了亲。

“你总是记得的，”他凑在她的耳朵上说。

门打开时，她知道会是谁。她已经准备好了接受一次又一次的震惊，看着人们的脸，五十年的光阴就会无比迅猛地奔涌着在这些脸上浮现出来。

“林，”她叫唤着那个走向她的单薄的小小身影。她抱着一捧刚从楼下大厅花店里买的菊花，包装的玻璃纸还在哩哩啦啦地响着。听到自己的名字，林微微笑了，像是努力把自己的前世今生都汇合在一起，凝聚在这个字的小伞下。她已经忘了怎么写这个中文字了，但这仍旧是她的名字。埃尔莎叫她的调子，像是一个渔夫撒出他网眼细密的白色渔网，即便记忆已经坑坑洼洼残缺不齐，但却有着盲目的自信，会把林收入网中。林握住了埃尔莎的手，两人十指交叉。

砰的一声，像是有什么重物敲在通往走廊的门的底部。正如埃尔莎所希望的，送茶的推车到了。他们反反复复地琢磨着他们的决定，到底是放一块糖呢，还是两块糖？要不要大家拼着吃一小包巧克力夹心饼干呢？整个过程拖得很长，但玛吉由着他们去，由着他们每个人，连那个坐在床上像英国女王似的发号施令的老小孩也不例外。因为玛吉今天不急。她还是慢慢来吧。她才来上班，等到下班回家还要许久许久。

致 谢

此书得以出版，我需要感谢许多人，特别是 John Barnie, Patsy Chan, Stuart Christie, Gwen Davies, Tess Hadley, Patrick Kavanagh, Jackie Kwan, Jem Poster, John Rhydderch, Melody Rhydderch Emmerson, Enid Stiele, Peter Wilcox-Jones，已去世的 Trevor Wilcox-Jones 和 Samantha Wynne-Rhydderch。我也得感谢 Literature Wales 给予我慷慨的资金资助，让我得以开始写作。此外，还得感谢 Seren 出版社的小说部编辑 Penny Thomas。最后，向 Damian Walford Davies, Brychan Rhydderch Davies 和 Cristyn Rhydderch Davies 献上无尽的感谢。

为了描绘二战期间以及战后的香港和纽基，我参考了不少文献资料。对我最有助益的包括如下文献资料：

Alan Allport, *Demobbed: Coming Home After World War Two* (Yale University Press, 2009)

Gwen Dew, *Prisoner of the Japs* (Alfred A. Knopf, 1943)

Kenneth Gaw, *Superior Servants: The Legendary Cantonese Amahs of the Far East* (Oxford University Press: 1988)–

Geoffrey Charles Emerson, *Hong Kong Internment 1942–1945: Life in the Japanese Civilian Camp at Stanley* (Hong Kong University Press, 2008)

Emily Hahn, *China to Me* (Doubleday, 1944)

Susan Campell Passmore, *Farmers and Figureheads: The Port of New Quay and its Hinterland* (Carmarthen: Dyfed County Council Cultural Services

Department, 1992)

Dorothy Sheridan, ed., *Wartime Women: A Mass-Observation Anthology of Women's Writings, 1937–1945* (Heinemann, 1990)

Philip Snow, *The Fall of Hong Kong: Britain, China and the Japanese Occupation* (Yale University Press, 2003)

Julie Summers, *Stranger in the House: Women's Stories of Men Returning from the Second World War* (Simon and Schuster, 2008)

南浓为埃尔莎准备嫁妆而参考的手册是 Elinor Ames 的 *Book of Modern Etiquette*（Halcyon House, 1935）。

用作卷首语的引文出自 Kica Kolbe，转引自 Elizabeth Bakovska 的文章 "Stranstvuvanje and Provincialism" *Transcript Review 35*。在此引用已征得同意。

埃尔莎有关威尔士的地形像猪的思考，源自 Menna Elfyn 的诗歌 "Siapiau o Gymru"（"Wales - the shapes she makes", trans. Elin ap Hywel, *Eucalyptus*, Gwasg Gomer, 1995），以及 Alix Nathan 的短篇小说 "Brawn"（*New Welsh Review 81*）。我也借鉴了艺术家 Clive Hicks-Jenkins，他以艺术形式强有力地表现了"灰色玛里"的传统。

最后，此书献给我的姨婆 Menna Wilders（原姓 Gillies）。我向她致以深深的敬意。《米纸日记》的初意是想找到更多她战时经历的信息。虽然小说是虚构的，并非是真事的再构（历史学家和那些亲历的人会注意到我的描写与真实历史事件的出入），我还是希望此书能够从一定程度上歌颂她永不熄灭的精神。

图书在版编目（CIP）数据

米纸日记 /（英）赖泽赫著；艾黎译. —上海：
上海译文出版社，2015. 8
ISBN 978-7-5327-7014-4

I. ①米… Ⅱ. ①赖… ②艾… Ⅲ. ①日记体小说—
英国—现代 Ⅳ. ①I561. 45

中国版本图书馆 CIP 数据核字（2015）第 148582 号

Published with the support of a Cyfnewidfa Lên Cymru / Wales Literature Exchange translation grant

Francesca Rhydderch
THE RICE PAPER DIARIES

Originally published by Seren, in 2013

图字：09 - 2015 - 336 号

米纸日记
〔英〕弗朗西斯卡·赖泽赫 著　艾　黎 译
责任编辑 / 李玉瑶　装帧设计 / 胡　枫

上海世纪出版股份有限公司
译文出版社出版
网址：www. yiwen. com. cn
上海世纪出版股份有限公司发行中心发行
200001　上海福建中路 193 号　www. ewen. co
常熟市文化印刷有限公司印刷

开本 890 × 1240　1/32　印张 8.5　插页 2　字数 108,000
2015 年 8 月第 1 版　2015 年 8 月第 1 次印刷

ISBN 978 - 7 - 5327 -7014 - 4 / I · 4246
定价：35. 00 元